力なき者たちの力

Moc bezmocných

Václav Havel

ヴァーツラフ・ハヴェル 著
阿部賢一 訳

人文書院

Moc bezmocných
Václav Havel :*Spisy 4. Eseje a jiné texty z let 1970-1989*
by Václav Havel

もくじ

装幀　濱崎実幸

ヤン・パトチカ[1]の想い出に捧げる

一

東ヨーロッパを幽霊が歩いている。西側で「ディシデント〔反体制派／異論派〕」と呼ばれる幽霊が。

この幽霊はどこからともなく現れたわけではない。幽霊が歩いている体制のある歴史的局面がもたらした自然の産物であり、必然的な結果である。異論の表明を一切認めない、残酷な権力の専横に他ならないものにこの体制がもはや基盤を置かなくなった状況が、また何千もの理由によってそうすることができない状況が、この幽霊を生み出し、政治的にあまりにも硬直しているため、異論を示すことが公的な仕組みの中ではまったくできない状況がこの幽霊を生み出したのである。

いわゆる「ディシデント」とは誰のことなのか？　かれらの姿勢はどのようなもので、どのような意味があるのか？　「ディシデント」と関係する「独自のイニシアチブ」の意義はどういう点にあり、このような発議権は実際のところどのような可能性があるのか？　「ディシデント」に関連して「オポジション〔野党／反対勢力／敵対勢力〕」という概念を使うことはふさわしいのか？　そうだとしたら、「オポジション」が――体制の枠組み内で――どのように影響を及ぼし、社会のどのような役割を担うのか、何が期待できるのか？　あらゆる権力構造の内側にいて、ある種の「下位市民」の位置にいる人びとと同じく、「ディシデント」には、社会や社会システムに何らかの影響を及ぼす力や可能性があるのか？　そもそも何かを変えることなど可能なのだろうか？

このような問題――「力の-ない」人びとの可能性――をめぐる考察は、「力の-ない」人びとが置かれた状況の権力の特性をめぐる考察から始めるのがふさわしいだろう。

二

私たちの体制は、独裁、すなわち政治的官僚制度によって社会を均一化する独裁として特徴付けられることがしばしばある。

他の場合であればよく伝わるかもしれないが、この表現を用いることで、私たちの体制の権力の本質が照らし出されることなく、かえって曖昧になってしまうのではないかと私は危惧する。

独裁という表現を聞いて、私たちは何を思い浮かべるだろうか？　通常、この表現は、比較的少数の人たちが暴力で社会の多数派を支配することに関係付けられている。かれらが手中に収めた直接的な権力装置を通して権力を行使しているのは明らかであり、このような人物と社会の多数の人びとのあいだには明確な境界がある。「伝統的」あるいは「古典的」概念での「独裁」は、暫定的で、歴史的に儚く、根付いていないものとして想定されている。独裁というものは、独裁を実行に移した人びとの生と密接に結びついていると私たちは思っている。その範囲や意義は特定の場所に限られ、そのような独裁がどのようなイデオロギーを合法化するにせよ、軍人や警官の人数や装備からその権力を導き出せると考えている。だが同時に、その人びとは、十分に準備をし、支配者を倒す誰かが現れる可能性を最大の脅威として理解している。

私たちが生活している体制は、このような「古典的」独裁との共通点がほとんどないことは外から概観するだけでも明らかだろう。

1．私たちの体制は局地的に限定されたものではなく、今日存在する二つの超大国の一方によって支配されている巨大権力のブロック全域に広がっている。もちろん、時代や場所による多様な特性はあるにせよ、その範囲は、権力ブロックを全域にわたって結びつける枠組みで区切られている。どこでも同じ原則、同じ方法（つまり、支配する超大国が発展させた方法）で構造化されているだけではなく、それればかりか、すべての国において、権力中枢が操作する装置のネットワークがいたるところに張り巡らされており、超大国の利害に従うものになっている。この環境――超大国の核による均衡という「手詰まり」の状態――は、「古典的」独裁と比べると、かつてない外的な安定をもたらす。孤立した国家であれば体制の変化が引き起こされるような局地的な危機の多くは、ここでは、ブロックの一部への軍事介入によって解決されうる。

2．歴史的に根付いていないことが「古典的」独裁の特徴であるとしたら（多くの場合、それは、ある種の歴史的な逸脱、偶発的な社会プロセスあるいは民衆や大衆の傾向の偶発的な結果として現れる）、私たちの体制は、それにはまったく当てはまらない。独裁は、社会的、思想的な背景をなす社会運動から距離を置いて久しいが、これらの運動（十九世紀の労働運動、社会運動を念頭に置いている）の真正さは、まぎれもなく歴史的に定着している。それは足場となる強固な土壌となっており、この世界の仕組みや現代に深く浸透し、今日存在する新しい社会、政治の現実の中で展開されているものよりも強固である。この歴史上の定着には、本来の運動の起点となった当時の社会闘争に対する「正当な評価」も含められていた。「正当な評価」の核心には、その後さらに進展するあの醜悪な疎外という性向も遺伝的に継承されているが、ここで問題となっているのはそのことではない。そもそも、この要素も、同時代の雰囲気から有機的に生まれたものであり、これもまたある種「根付」いていた。

3．この本来の「正当な評価」のある種の遺産となっているのが、他の近代的な独裁とは異なる私たちの体制の特性である。それは比較にならないほど簡潔で、論理的な構成を有しているだけではなく、一般の人びとに理解されやすく、イデオロギーは本質的にきわめて柔軟であるが、複合的で閉鎖的な特徴から世俗宗教のような性格を帯びている。どのような質問に対してもすぐに答えが出される。その答えは単なる一部として受け止めることができず、人間という存在の奥深くにまで介入してくる。形而上的、実存的な確実性が危機に瀕している時代にあって、寄る辺なさや疎外を感じ、世界の意味が喪失されている時代にあって、このイデオロギーは、人びとに催眠をかけるような特殊な魅力を必然的に持っている。さまよえる人びとに対して、たやすく入手できる「故郷」を差し出す。あとはそれを受け入れるだけでいい。そうすれば、ありとあらゆるものが明快になり、生は意味を帯び、その地平線から、謎、疑問、不安、孤独が消えてゆく。もちろん、この安価な「故郷」に対しては大きな犠牲を払わなければならない。自身の理性、良心、責任を放棄しなければならない。なぜなら、イデオロギーの代用には、理性や良心を支配者の手に委ねることが不可欠であり、つまり、中央の権力と中央の真実を同一視するという原則が生じるからである（我が国の場合、世俗の最高権力が宗教上の最高権力でもあるビザンツの皇帝教皇主義と直接関係がある）。それにもかかわらず、このイデオロギーは――少なくとも私たちのブロックにおいては――大きな影響力をもはや有していない（おそらく、例外はロシアだけだろう。そこでは、至高の権力に対して盲目的に敬意を払い、その主張と組み合わされた権力のある愛国主義に自分を自動的に重ね合わせる農奴の意識がまだ生きており、かれらにとっては個々人の利益よりも帝国の利益の方が伝統的に上位に置かれている）。だがそれは重要ではない、というのも、私たちの体制でイデオロギーが担っている役割を見事なまでにこなしているのは――まさにそれゆえ今ある姿を取っている――私たちの体制そのものだからである。

4．伝統的な独裁が権力を行使する際、ある種の即興的要素がつねに介在する。というのも、権力のメカニズムは、たいていの場合、それほど固定化されていないため、偶発的なことが起きたり、規制を受けることなく恣意的な運用がなされる余地が多分にあり、反対の意思を表明する社会的、心理的、物理的な条件が残されている。つまり、権力構造全体が安定する前に亀裂が入るかもしれない、隙間が表面に多々ある。ソ連の下で六十年にわたって体制が発展し、また（はるか以前に完成を見たロシアの専制のモデルに多くを依拠する）東欧諸国において約三十年にわたって体制が発展したことで、――権力の「物理的」側面に関して――逆に、社会全体を直接的にも間接的にも操作する完璧で精巧なメカニズムが作り上げられ、それは権力の「物理的」基盤として今日きわめて新しい性格を有している。あらゆる生産手段が国有化そして中央で管理されることでその効果はいっそう強化されていることは忘れてはならないだろう。これにより、権力構造は、みずから（例えば官僚と警察の領域）に投資するという先例のない、絶対的な能力を手に入れ、まるで雇い主が一人しかいないかのように、あらゆる市民の日常生活の操作が容易にできるようになった。

5.「古典的」独裁の特徴が、革命の興奮、英雄的な行為、犠牲、熱狂による暴力といった全面的な雰囲気で表されるとしたら、このような雰囲気の痕跡はソ連ブロックの生活からは消えてしまった。はるか以前から、このブロックは他の先進世界から孤立した飛び地などではなく、他国で生じる様々な過程の影響を受けている。むしろ、逆に、グローバルな運命を共有し、ともに形成する一部となっている。具体的に言うと、西側の先進諸国の生活に見られる様々な価値と同じ序列が、私たちの社会にも浸透しており（西側世界との長年にわたる共存はこのプロセスをより進めているにすぎない）、つまり、ここにあるのは、西側とは異なる形をした消費、産業社会であり、それがあらゆる社会的、宗教的産物をもたらしているにすぎない。このような次元を考慮せずに、私たちの体制の権力の性質を十分に理解することはできない。

「独裁」という名称で従来想起されるものと私たちの体制との間には権力の性質という点において大きな差異はあるものの、外側だけを比較すれば、その差異は些細なものであるかもしれない。そこで、考察を進めていくために、後者のために特別な名称を用いる必要性が生じる。以降、私たちの体制を「ポスト全体主義」と呼ぶことにするが、これがふさわしい名称でないことは承知している。より的確な名称が思いつかないからにすぎない。「ポスト」という表現を用いるのは、全体主義が存在しないということではない。そうではなく、私たちの意識の中では、私たちの体制は、全体主義という概念で一般的に結びつけられる「古典的」全体主義的独裁とはまったく異なる全体主義であると述べたいにすぎない。

これまで触れてきた事情は、ある領域の条件因子、ポスト全体主義体制固有の権力構造のある現象の枠組みでしかない。以下では、この構造のいくつかの側面を示したいと思う。

三.

青果店の店主は、「全世界の労働者よ、一つになれ！」というスローガンをショーウインドウの玉ねぎと人参のあいだに置いた。

なぜ、かれはそうしたのだろう？　そうすることで、世界に何を伝えようとしたのか？　世界中の労働者が団結するという考えにほんとうに熱狂していたのだろうか？　熱狂したあまり、理想を公共の場で表明したいという抑えがたい必要性を感じたのだろうか？　どうすれば労働者が団結し、それが何を意味するか、ほんの一瞬でも考えたのだろうか？

私が思うに、青果店の店主の大多数は店のショーウインドウに掲げたスローガンの文言の中身をよく考えてもいなければ、自身の見解を世の中に訴えようともしていない。

玉ねぎや人参とともにこのスローガンを持ち帰った青果店店主は、もう長年やっている、皆がやっている、そうしないといけないからという理由でショーウインドウに置いたにすぎない。そうしなかったら、厄介なことになるかもしれない。「飾り」がないじゃないかと咎められるかもしれない。君は忠実ではないのかと誰かに非難されるかもしれない。つまり、生活していくために必要なことをやったにすぎない。「社会と調和」し、比較的安定した生活を保障する何千もの「些細なこと」の一つにすぎないからである。

　青果店店主は掲げられたスローガンが何を意味するかに関心を寄せていないことは明らかであり、スローガンをショーウインドウに掲げたのは、その考えを公けに知らしめることを個人的に望んでいたからではない。

　もちろん、かれの行為にいかなる動機や意義もないわけではなく、そのスローガンは何も訴えないわけでもない。このスローガンは記号の機能を持っていて、潜在的ではあるものの、きわめて明確なメッセージを伝えている。言葉の上では、次のように表現できるだろう――「青果店店主である私ＸＹは、ここで、何をすべきかわかっている。期待通りに、私は振る舞う。私は信頼されており、非難されることはない。私は素行がよく、そのため、安定した生活を営む権利を持っている」。このようなメッセージは明らかに受け手を意識したものである。それは「上」に、青果店の上位にいる人に向けられていると同時に、近くにいるかもしれない密告者からの隠れ蓑ともなっている。

　このスローガンは、その真の意味によって、青果店店主という人間存在そのものに直接根ざしている。かれの生活上の関心を投影している。だが、その関心とは、いったいどういうものなのだろう？

　もし「私は恐怖心を抱いているので、ただただ従順なのです」というスローガンをショーウインドウに置くとしたら、青果店店主はスローガンが意味するものについて無関心ではいないだろう。だが、この内容は、スローガンが持つ潜在的な意味を完全に隠してしまう。自分を卑下することを明らかに意味する文言をショーウインドウに置くことを、青果店店主はためらうだろうし、恥ずかしく思うだろう。それはきわめて当然である。というのも、かれは人間であり、人間としての威厳を持っているからである。

このような厄介な問題を解決し、忠誠心を表明するには記号の形を取らなければならず、それは、テクストの表面上、利害を超えた説得というより上のレベルを参照しなければならない。いったいどうして、全世界の労働者が一つにならなければならないのか、と愚痴をこぼす可能性を青果店店主に与えなければならない。

つまり、記号は、従順さを示す「低い」基盤を本人から隠すことを手助け、それによって、権力の「低い」基盤をも隠す。何か「高い」もののファサードの影に、それらを隠している。

この「高い」ものこそが、イデオロギーである。

イデオロギーとは世界と関係を築いていると見せかける方法のことであり、自分はアイデンティティも威厳もある倫理的な人間であるという錯覚を人びとにもたらし、その一部となることを容易にする。「超個人的」で、目的にとらわれない何かのまがい物として、良心を欺き、世界や自分のほんとうの姿を隠し、不名誉な「生き方」を隠すことを可能にする。それは、「上」に対しても、「下」に対しても、「横」に対しても、そして人びとに対しても、神に対しても、有効かつ威厳のある証明書である。「堕落した存在」、疎外、現状への迎合を隠すことのできるヴェールである。つまり、ありとあらゆるものに用いることができる口実である。全世界の労働者の団結という表向きの関心によって、職を失ってしまうのではないかという恐怖心を隠す青果店店主から、労働者階級への奉仕という言葉を用いることで権力に留まり、自身の利益を覆い隠す高位の役人にいたるすべての人に用いることができるものである。

イデオロギーの第一の――つまり、「口実」としての――機能は、ポスト全体主義体制の犠牲者かつ支援者である人びとに対して、体制は、人間の秩序、宇宙の秩序にふさわしいものであるという錯覚を与えることである。

独裁が作用する領域が小さくなり、社会が文明によって階層化されればされるほど、独裁者の意志は直接的に行使することができる。つまり、複雑な「世界との関係性」、「自己正当化」をすることなしに、多かれ少なかれ「むき出し」の規律を用いることができる。だが、権力のメカニズムが複雑になり、内包する社会が拡大し、階層化され、歴史的な意味合いを帯びれば帯びるほど、「外」にいる個々人の結びつきは強まり、イデオロギーの「口実」は、人間と権力のあいだの「橋」としてますます重要な意味を帯び、その橋をわたって、権力が人間に近づき、人間が権力に近づくようになる。

そのため、ポスト全体主義体制において、イデオロギーは大変重要な役割を担っている。部品、階層、変速ベルト、さらには間接的な操作器具からなるこの複雑な装置は、すべてを管理し、権力の不可侵性を何重にも確実なものとする。あらゆる領域にわたる「口実」、あらゆる要素の「口実」としてのイデオロギーなくしてはもはや考えられないのである。

四

　ポスト全体主義体制が目指すものと生が目指すもののあいだには、大きな亀裂がある。生はその本質において、複数性、多様性、独立した自己形成や自己編成、つまり自身の自由の実現に向かうのに対し、逆にポスト全体主義体制は、統一、単一性、規律へと向かう。生がたえず新しい「ほんとうにありそうにない」仕組みを造ろうとするのに対し、ポスト全体主義体制は「ほんとうにありそうな状態」を生に強いる。このような志向から、この体制は体制自体に関心を向けることがその本質であるのがわかる。つまり、現状以上に徹底的かつ完全に「それ自体」になろうとし、その作用範囲をつねに拡張しようとする。この体制は人間に奉仕するが、それは、人間が体制に奉仕するのに不可欠な程度にとどまる。「それ以上」の何か、つまり事前に制限された地位を人間が超えていくものはすべて、体制はみずからへの攻撃と見なす。それは事実であり、ありとあらゆる侵犯は、現実に——原則として——否定される。ようするに、ポスト全体主義体制の内なる目標は、通常一見して思われるように、支配集団が掌握している権力の単なる維持ではない。社会現象としてのこのような自衛の試みは、何か「より高い」ものに従っている。それは、体制への盲目的な

「自発的な動き《オートマティズム》」である。人間は——権力序列のどこにいようとも——、体制「それ自体」の何かでは決してなく、「自発的な動き《オートマティズム》」を実行し、それに奉仕するものでしかない。そのため、権力に対する個々人の欲望は、「自発的な動き《オートマティズム》」と動きが一致する範囲でのみ実現されうる。

　イデオロギーは体制と人間のあいだの「口実」の橋となり、体制の目指すものと生の目指すもののあいだの大きな亀裂を覆い隠す。体制が求めているものは、生が求めているものであると装う。それは、現実として受け取られる「見せかけ」の世界である。

　このようにしてポスト全体主義体制は、人間が一歩踏み出すたびに接触してくる。もちろん、イデオロギーという手袋をはめて。それゆえ、この体制内の生は、偽りや嘘ですべて塗り固められている。官僚政府は人民政府と呼ばれる。労働者階級という名前の下で、労働者階級が隷属化される。人間に対する徹底的な侮辱は、人間を完全に解放するものとしてなされる。情報の隔離は、情報へのアクセスと呼ばれる。権力の操作は、権力の公的な統制とされ、権力の恣意的な利用は、法規の遵守とされる。文化を抑圧することは、文化の発展とされる。帝国主義の影響が拡大することを、抑圧されている者に対する支援と呼ぶ。表現の不自由は、自由の最高の形態とされる。選挙の茶番は、民主主義の最高の形態とされる。独自の考えを禁止することは、もっとも科学的な世界観とされる。占領は、同胞による支援である——。権力はみずからの嘘に囚われており、そのため、すべてを偽造しなければならない。過去を偽造する。現在を偽造し、未来を偽造する。統計資料を偽造する。全能の力などないと偽り、何でもできる警察組織などないと偽る。人権を尊重していると偽る。誰も迫害していないと偽る。何も恐れていないと偽る。何も偽っていないと偽る。

このような韜晦《とうかい》のすべてを信じる必要はない。だが、まるで信じているかのように振る舞わなければならない、いや、せめて黙って許容したり、そうやって操っている人たちとうまく付き合わなければならない。

だが、それゆえ、嘘の中で生きる羽目になる。

嘘を受け入れる必要はない。嘘の生を、嘘の生を受け入れるだけで十分なのだ。それによって、体制を承認し、体制を満たし、体制の任務を果たし、体制となる。

五

青果店店主のスローガンがほんとうに意味しているものについて、スローガンの文言が訴えていることとは関係がないことはすでに見た通りである。にもかかわらず、そのほんとうの意味はきわめて明快であり、誰にでも理解できる。というのも、その記号はよく知られているからである。青果店店主は自身の忠誠心を表明したが、それは、社会の権力が耳にすることのできる唯一の方法であり、かれの声明が受け入れられる他の選択肢はない。つまり、青果店店主は、事前に定められた儀式を受け入れ、「見せかけ」を現実として受け入れ、その「ゲームの規則」を認めたのである。「ゲームの規則」を認めたことにより、もちろん、本人みずからゲームに加わり、ゲームのプレイヤーとなり、ゲームの継続を可能にし、つまりゲームを本物にした。

本来、イデオロギーが、体制と「人間」としての人間のあいだの「橋」であったとしたら、人間がこの橋に足を踏み入れた瞬間、それは、体制と「体制の一部」である人間のあいだの橋となる。本来、イデオロギーが、その心理的「口実」としての権力を制定することを——「外へ」向かう作用によって——手助けしていたならば、その「口実」が受け入れられた瞬間から同時に、その直接的な一要素として、権力を「内へ」制定することになる。そして、権力を内側へ儀式的に伝える主たる装置として機能しはじめる。

「物理的」な継ぎ目について触れた権力構造の総体は、ある種の「形而上的な」規律がなければ存在できないだろう。それは、すべての要素を一つにまとめ、結びつけ、「自己追放」という唯一の方法に従わせ、それによって、「ゲームの規則」、つまりある種のルール、境界線、法則を起動させる。権力構造の総体の基本をなし、そのすべてに共通するもので、通信システムをまとめ、内部交換、情報や指示の伝達を可能にする。それは、運行や枠組みを確かなものとする「交通標識」や「方向案内」の法例集のようなものである。この「形而上的な」規律は、全体主義の権力構造の内的なまとまりを保証する。それは、「接着剤」、つまり結合原理であり、規律をもたらす装置である。この接着剤がなければ、全体主義の構造は消滅してしまうことだろう。細かい原子の断片となり、個々人の気ままな関心や性向がぶつかり合い、混沌が生じるだろう。全体主義的権力のピラミッドは、接着剤を失うと、物質の内部崩壊、いわゆる「自壊」するにちがいない。

権力による現実の解釈としてのイデオロギーは、最終的にはつねに権力の利益に従うことになる。それゆえ、それ自身を現実から解放し、「見せかけ」の世界をつくり、儀式化する傾向が本質的にある。権力をめぐる公的な競争、つまり権力の公的なコントロールがあるところでは、権力がイデオロギーとして合法的に認めるものに対する公的なコントロールがつねに存在する。このような関係においては、イデオロギーが現実から完全に解放されるのを防ぐ、ある種の矯正策が生まれる。もちろん、全体主義の条件下において、このような矯正策は消えてしまい、イデオロギーが現実からどんどん離れていき、ポスト全体主義体制へと徐々に変化していく途上で遮るものは何もない。「見せかけ」の世界、単なる儀式と化していく。そして、現実との有意義な接触がない形式化した言語となり、それは現実を偽の現実と置き換え、儀式的記号のシステムへと化す。

すでに見たように、もちろん、イデオロギーは――「口実」を正当化し、内部を取りまとめる原則として――権力の重大な要素、その支えとなる。このような意味が増し、現実から徐々に離れていくにつれて、特殊な現実の力を帯びる。つまり、それ自体が現実になり、あるレベルで（とりわけ権力の内側で）今ある現実よりも重みを持つ、ある種の現実となる。そして、その背後に隠れている実際の現実よりも、儀式の華麗な妙技にますます依存するようになる。現象の意味は、それ自体から生じるのではなく、イデオロギーの文脈に組み込まれた概念から生じる。現実がテーゼに影響を与えるのではなく、テーゼが現実に影響を与える。しまいに、権力は現実に関係付けられるのではなく、イデオロギーに関係付けられるようになる。テーゼから力を得て、テーゼに完全に依拠することになる。

これにより、必然的に、テーゼ、場合によってはイデオロギーが逆説的なことに権力に奉仕することを止め、権力がそれらに奉仕しはじめる。イデオロギーは権力から「権力を奪った」ようになり、イデオロギー自体が独裁者そのものになったかのようになる。そして、テーゼそれ自体、儀式それ自体、イデオロギーそれ自体が人びとについて決定するようになり、人びとがそれらについて決定を下すことはないように思われる。

イデオロギーが権力の内的一貫性を保証する主たるものであるとしたら、それは同時にイデオロギーの連続性を保証する重要なものとなる。「古典的」独裁では、権力の継承はつねに問題を孕むものであったが——候補者となりうる人物は、明白な合法性を持っていないため、「むき出し」の権力闘争に直面する——、ポスト全体主義の体制では、本質的に、権力は、個人から個人へ、派閥から派閥へ、世代から世代へと円滑に移行される。継承者の選出にあたっては、新しい「実力者《キング・メイカー》」が役割を担う。そこには、儀式的な合法性があり、そして儀式に依拠し、儀式を実行し、活用し、いわゆる「上昇させる」能力がある。もちろん、ポスト全体主義の体制にも権力闘争は存在し、しかもそれはたいてい、開かれた社会よりもはるかに容赦のないものである（それは、民主主義のルールで規制され、公的支配を受ける公けの闘争ではなく、舞台裏での隠れた闘争である。共産党の第一書記が、軍隊、治安部隊を厳戒態勢に置かずに、交代した事例はほとんどない）。だが、このような闘争は、「古典的」独裁とは異なり、体制の本質、その連続性を脅かすことはない。せいぜい権力構造を揺さぶるのが精一杯で、それができたとしても、すぐに回復し、その靭帯であるイデオロギーが影響を受けることはない。つまり、誰に代わろうとも、それは共通の儀式という背景でのみ、その枠組みの中でのみ、可能になる。体制を否定することには決してならない。

このような「儀式の独裁」により、権力は明確に匿名化され、人間は儀式の中に融け、儀式によって主体性が奪われる。そして、人びとを権力の闇から光へと連れ出すのは、儀式そのものであると思われることが多く起きる。あるいは、権力序列のあらゆるレベルにおいて、個々人は、顔のない人間、人形、権力の儀式や型にはまった振る舞いをこなす制服を着た召使によってますます排除されていることこそ、ポスト全体主義に特徴的なことではないだろうか？

このように人間らしさを失い、匿名化された権力の自発的な動きは、体制の基礎をなす「自発的な動き《オートマティズム》」の一つである。この種の「自発的な動き《オートマティズム》」の独断的な命令それ自体が、権力構造のために、個人の意志を持たない人びとを選んだかのようである。「慣用句となった独断的な命令」は、ポスト全体主義体制の「自発的な動き《オートマティズム》」をもっともよく保証する存在として、「慣用句しか用いない人びと」を権力のもとへ召喚したかのようである。

西側の「ソ連専門家」はポスト全体主義体制における個人の役割を過大評価し、指導者たちは──中央集権の構造により、強大な権力を手にしているにもかかわらず──、体制の法を、熟考していない、熟考することが不可能な法を盲目的に執行しているにすぎない点をしばしば見過ごしている。そもそも、これまでの経験が伝えるように、体制の「自発的な動き《オートマティズム》」は、個人の意志よりもはるかに強力である。個人の意志を有している人物が権力序列の中でチャンスを得るには、儀式的な匿名の覆面の下にその意思を長きにわたって隠し通さなければならない。そのあと、権力序列の中に入り、自分の意志を実行しようとしても、「自発的な動き《オートマティズム》」はその強大な惰性の力で、遅かれ早かれその人物を捉え、異物として権力構造から追放するか、自身の個性を捨てることを余儀なくされ、「自発的な動き《オートマティズム》」に溶け込んで、かれ以前にいた人物、かれ以降にやってくる人物とまったく区別がつかない召使となっていく(例えば、フサーク[2]やゴムウカ[3]がたどった展開を思い起こすとよい)。儀式の陰に隠れ、儀式とつねに関連付けられなければならないという必然性により、権力構造内の賢明な人物たちはいわゆる「退廃したイデオロギー」と見なされるようになる。かれらは「むき出し」の現実の底まで見渡すことはできず、最終的には、現実をイデオロギーによる偽の現実に変えてしまう（一九六八年、ドゥプチェク[4]率いる指導部が直面した状況を切り抜けることができなかった理由の一つは、私見によれば、極限状況、「最終的問題」において、「見せかけ」の世界から完全に脱することができなかったためだろう）。

つまり、権力内部の通信手段の装置としてのイデオロギーは、権力構造に内的一貫性を保証するポスト全体主義体制においては権力の「物理的な」側面を超越する何かであり、かなりの程度権力構造を支配し、その連続性を保証する何かなのである。

それは、体制の内的安定性を支える支柱の一つとなっている。

だが、この柱が立っているのは脆い土壌である。つまり、嘘という土壌である。それゆえ、それが有効なのは、人間が嘘の中で生きようとする時に限られている。

六

それでは、なぜ、我らが青果店店主はみずからの忠誠心を示すものをショーウインドウに置かなければならなかったのだろうか？　人目につかない手段、あるいは半ば公的な方法を通して、従順さを十分に示してこなかったのだろうか？　労働組合の会議ではいつも求められるような投票をしてきた。様々なコンテストにも参加した。選挙でもきちんと投票している。それればかりか、反憲章(5)にも署名をした。それなのに、なぜ、さらに公の場で忠誠心を表明しなければならないのか？　なぜなら、ショーウインドウの前を通りかかっても、青果店店主の言葉による全世界の労働者が一つになれという文言を読もうとして立ち止まることは決してないからだ。かれらはそのスローガンを読むことはないだろうし、それればかりか、視界にすら入っていないだろう。ショーウインドウの前で立ち止まった婦人に何が置いてあったかと訊ねても、今日はトマトがあったかしらと答えるだけだろう。ほぼ確実に、スローガンがあったことすら気づかないだろうし、ましてやどういうスローガンであったか思い出すこともないだろう。

青果店店主が公的に示した要求は一見したところ無意味であるように思われる。だがそうではない。人びとはそのスローガンに気づかない、だが気づかないのは、そのようなスローガンは他のショーウインドウにもあり、窓にも、屋根の上にも、電柱にもあり、いたるところにあるからだ。それは、かれらの日常の風景のようなものを形作っている。この風景は――全体として――よく意識されている。この巨大な風景の小さな一部となるものとして、この青果店のスローガン以外のものがあるだろうか？

　青果店店主がスローガンをショーウインドウに置いたのは、誰かが読んでくれるだろうとか、誰かを説得できるのではないかという希望からではなく、何千もの他のスローガンとともに、誰もがよく知っている風景を形作るためである。風景にはもちろん潜在的な意味がある。自分が生きているのはどこで、何が期待されているか、人びとに思い起こさせるのである。他の人たちが皆何をしているかを教える。仲間外れにされたり、孤立しないように、「社会から疎外」されたり、「ゲームの規則」を破らないように、そして、自身の「安定」や「安全」を失う危険を犯さないようにするには、何をすべきか暗示しているのである。

　青果店のスローガンに対して無関心な態度を取っていた先述の婦人は、もしかしたら、その一時間前、勤務先の役所の廊下で同じようなスローガンを掲げていたかもしれない。程度の差はあれ、我らが青果店店主と同様に何も考えずに行なったのだろう。そのようにできたのは、風景と化した背景があったからであり、その風景は、我らが青果店店主のショーウインドウも含むものであるのを意識していたからである。

　青果店店主が彼女の働いている役所を訪れても、婦人が青果店店主の掲げたスローガンに気づかないように、かれは婦人が掲げたスローガンに気づかないだろう。にもかかわらず、この二つのスローガンは相互に依存し合っている。というのも、両者ともに、普通の風景のことが考慮されて掲げられており、いわゆるその「独裁的な命令」の下にある。だが両者は同時にその風景を作ることで、その命令を実現している。青果店店主と公務員の女性はその関係に順応している。だが、まさにそうすることで、二人はその関係を作り上げてもいる。かれらは、一般的になされていることを行ない、なすべきことを行ない、なされるべきことを行なっている、だが同時に――まさにそうすることで――それはほんとうにそうあるべきで、そうすべきであるという主張に同調しているのである。ある特定の主張に従うと同時に、自分たちもその主張の伝播に関わっている。比喩的に言えば、青果店のスローガンがなければ公務員の婦人のスローガンもないだろうし、その逆もまたそうであろう。それぞれがお互いに反復するよう提案し、双方ともに相手の提案を受け入れている。両者がスローガンに対して無関心であるというのは錯覚でしかない。現実には、スローガンを通してゲームを受け入れ、そうすることで権力を認めるよう互いに強制し合っている。つまり、互いに従順であるよう手を差し伸べているのである。二人はともに支配される客体であるが同時に支配する主体でもある。体制の犠牲者であると同時にその装置となっている。

誰も読まないスローガンが県の全域にわたって貼られたとしたら、それは、県の書記官から郡の書記官への個人的なメッセージである。だが同時にそれ以上のもの、人びとによる「自発的‐全体主義」という原則の一例となる。ポスト全体主義体制の本質をなすのは、あらゆる人間を権力構造に取り込むことである。もちろんそれは人間としてのアイデンティティを実現するためではなく、「体制のアイデンティティ」のために、人間としてのアイデンティティを放棄させ、つまり、「自発的な動き《オートマティズム》」全体の担い手となり、みずからが目的と化したものの召使となり、それに対する責任を担い、ファウストとメフィストフェレスの関係のようにそこに巻き込まれ、絡み取られることになる。だがそれだけではない。そのような関係性を通して、一般的な規範をともに形成し、他の市民に圧力をかけることになる。それればかりか、不可欠で自明なものとしてこの関係性を見なしながら、このような関係性の中で生活を営むことになり、万一、その関係性の外に出ようものなら、それを、異常なもの、傲慢なもの、自分への攻撃、「社会からの脱落」と見なすようになる。こういったものすべてを権力構造に巻き込むことで、ポスト全体主義体制は、相補的な全体主義、人びとによる「自発的 - 全体主義」の装置を形成する。

じつのところ、ありとあらゆる人が、それに巻き込まれ、隷属している。青果店店主だけではなく、首相もそうである。権力序列の地位の違いは、関与の度合いの差でしかない。青果店店主は少ししか関与していないため、できることは少ししかない。首相は多くのことができるが、その代わり、より深く関与している。自由でないのは両者ともに同じであり、ただ程度が異なっているにすぎない。そのため、この関係性固有のパートナーは、他の人間ではなく、自己目的化した構造としてのシステムである。権力序列の位置は、担う責任と罪の度合いによって異なるが、無条件の責任や罪を課すことは誰に対しても行なわれることはなく、また責任や罪から完全に免除されることもない。生の目指すものと体制が目指すもののあいだの対立は、社会的に異なる二つの集団の対立ではない。社会が支配者と被支配者に分けられているように思えるのは、上っ面だけを見ているにすぎない。だが、この点にこそ、ポスト全体主義体制と「古典的」独裁——そこでは、対立の境界線を社会の中で引くことができる——のあいだのもっとも重要な一つの差異がある。ポスト全体主義体制では、境界線は、実際のところ一人一人の中でも引かれる。なぜなら、それぞれの人が、ある意味で犠牲者であると同時に支援者となるからである。ここでの体制とは、誰かがが他の者に強制する規律のことではなく、社会全体に浸透すると同時に社会がともにつくる何かである。そして、うまく捉えることのできない何かである。しかし、それは単なる原則でしかないというのに、実際には社会全体で生活の重要な要素として捉えられている。

個性を奪う自己目的化した体制を人間がつくりあげ、そしてまた日々つくっていることは、理解しがたい歴史を誤解したわけでもなければ、理性を超えた歴史から逸脱したわけでもない。また、何らかの理由で一部の人間を苦しめようと考えた悪魔のような何か高次の意志によるものではない。このようなことが実際に起き、起こりうるのは、このような体制をつくったり、あるいは体制を少なくとも認める気質が現代人にあるからに他ならない。この体制に連なる何かが、体制を反映したり、体制と合致する何かが、人間の気質にはある。抗おうとする「善良な私」のあらゆる試みを麻痺させる何かである。人間は嘘の中に生きることを余儀なくされる。だが、それが強制されるのは、そのような生活を営む余地があるからである。体制が人間を疎外するのではなく、疎外された人間が自身の無意識を投影するかのように、その体制を支持するからである。自身が堕落したことの堕落したイメージとして。自身が機能不全となった記録として。

もちろん、どの人間にも、それぞれが目指すものに見合った生がある。人間としての威厳、倫理、自由な体験を求める欲望があり、「今ある世界」を超越したいという欲望がある。だが、どの人間もまた、程度の差こそあれ、「嘘の生」と折り合いをつけることもあれば、卑俗な物象化や功利主義に陥ってしまうこともある。匿名の群衆に埋没し、そうやって偽の人生という川に心地よく身をまかせることもできる。

つまり、二つの異なるアイデンティティの対立ではない。それよりも性質の悪いものである。つまり、アイデンティティそれ自体の危機である。

非常に単純化して言えば、ポスト全体主義体制は、独裁と消費社会の歴史的遭遇という土台のもとで作り上げられたのである。「嘘の生」がこれほど広範にわたって適応され、社会の「自発的－全体主義」がこれほどまで容易に拡大したことと、精神的、倫理的高潔さと引き換えに、物質的な安定を犠牲にしたくはないという消費時代の人間の後ろ向きの気持ちのあいだには、何か関係はないのだろうか？　現代文明の外側からの誘惑に直面して、「高次の意味」を断念しようという気持ちと関係はないだろうか？　群衆の中で無関心でいるという誘惑に対する無防備さと関係はないだろうか？　そして、ポスト全体主義体制における生活のグレーな色と空虚さは、現代生活そのものの大げさな風刺なのではないか？　実際のところ、私たちは、外的な文明の度合いでは遅れを取っているものの、（その潜在的な方向性が明らかになりつつある）西側に何らかの警告を発しているのではないのか？

七．

ある日、我らが青果店店主の中で何かが目覚め、ただそういう気分になったというだけの理由で、スローガンを飾るのをやめたらどうなるだろう。ほんとうの選挙ではないのを知っている選挙に行くのをやめる。ほんとうに思っていることを会合で口にする。自分の良心が連帯すべきだと訴える人びとと連帯する力を自分の中に感じる。

　こういった拒絶をすることで、青果店店主は「嘘の生」の外に出ることになる。儀式を拒み、「ゲームの規則」を破る。抑えられていたアイデンティティと尊厳を再発見する。自由を実現する。かれの拒絶は「真実の生」の試みとなる。

　だが清算すべきものがすぐにやってくる。店主の地位は奪われ、運搬業者の助手に配置換えとなる。給料は下がる。休日のブルガリア旅行の可能性は消える。子どもたちの進学が危ぶまれる。上司はかれを無視しはじめ、同僚たちからは怪訝な目で見られる。

　もちろん、このような人びとの大半は自発的に制裁を加えているのではなく、「様々な関係」の圧力、青果店店主がスローガンを掲げたのと同じ圧力があるからにすぎない。青果店店主をしいたげるのは、そうすることが期待されているからか、あるいは、自身の忠誠を表明するためである。もしくは、普通の風景という背景があるからで、その風景には、こういう時はこうやって解決する、解決すべきだ、つまりこうするべきだという意識が組み込まれている。もし、そうしなかったら、本人に疑いが向けられる。制裁を加える人たちは、程度の差こそあれ、他の人たちと同じ振る舞いをしている。ポスト全体主義体制の一要素として、「自発的な動き《オートマティズム》」の担い手として、社会の「自発的‐全体主義」の小さな装置としてである。

権力構造そのものが——権力構造の匿名の要素である——制裁を加える人間を介して、その青果店店主を締め出す。体制が、青果店店主が拒絶したことに対し、青果店店主を人びとから遠ざけることで罰を加える。

それは、「自発的な動き《オートマティズム》」の論理にもとづいて、そして自己防衛の論理にもとづいて行なわれる必要がある。青果店店主は、本人だけに限定される個人的な違反を犯したわけではなく、とてつもなく重要なことを行なった。「ゲームの規則」を破って、あるべきゲームを中断した。そして、それは単なるゲームにすぎないのを明らかにした。体制が拠って立つ「見せかけ」の世界を壊した。接着剤をはがして、権力構造を妨害した。「嘘の生」は嘘の生でしかないのを示してみせた。「高い」ファサードを壊し、権力の基礎をなすほんとうのもの、つまり「低いもの」を露見させた。王様は裸だと言った。だが王様はほんとうに裸だったため、きわめて危険なことが起きたのである。王青果店店主は、自身の行為を通して、世界にこう訴えた。誰でもカーテンの向こう側を見ることができる、と。真実の中に生きることも可能であるとあらゆる人に示してみせたのである。「嘘の生」

は、体制を構成する支えとして機能するのは、それがすべてに関わるという前提がある場合に限られる。その原則は、ありとあらゆるものを包囲し、ありとあらゆるものに浸透しなければならない。「真実の生」と共存することはありえない。「嘘の生」から外に出ることは、それ自体、「嘘の生」という原則を否定し、その全体性を脅かすことになる。

これは無理のないことである。現実と直面しない限り、「見せかけ」は「見せかけ」とは見えない。「真実の生」と直面しなければ、「嘘の生」が嘘であることを暴く視点は存在しない。だが、別の選択肢が現れるやいなや、その存在によって、その本質および包括性によって、脅威となる。その際、その選択肢がどれほど大きな空間を占めているかどうかは関係がない。それが力を持っているのは、「物理的」側面ではなく、体制を支えるものを照らし出し、その脆い基盤を浮かび上がらせる「光」にある。青果店店主が権力構造を脅かしたのは、「物理的」なもの、現実の力を用いたからではなく、その行為が、かればかりか、周囲も照らし出したからである。もちろん、光を照らすこの行為は測り知れない結果をもたらす。

ポスト全体主義体制における「真実の生」にあるのは、実存的（人間が人間らしさを取り戻す）、認識論的（あるがままの現実を明らかにする）、倫理的（他の模範となる）次元だけではない。これらにも増して、明らかに政治的次元がある。

体制の基本的な支柱が「嘘の生」であるとしたら、「真実の生」がその根本的な脅威となるのは当然である。それゆえ、「真実の生」は、何にも増して厳しく抑圧されることになる。

真実は——その言葉のもっとも広義において——、ポスト全体主義体制においてはある特殊な射程を有しているが、それは他の文脈ではあまり知られていない。権力の要素あるいは直接的に政治的な力という役割をはるかに強く有しており、その作用のあり方は他のところとはかなり異なっている。

この力はどうやって作用するのだろうか？　力の原動力としての真実はどのように適用されるのだろうか？　その力はどのようにして力として実現されるのだろうか？

八.

人間自身が疎外されていたり、あるいは疎外されうるのは、そこに疎外すべきものがあるからである。そのような暴力に晒されるのは、人間みずからの真正な存在そのものである。「真実の生」は「嘘の生」の仕組みの中に直接織り込まれているが、「嘘の生」が真正な答えでないことを示す真正な事例であるため、選択肢としては抑圧されている。このような背景があってこそ、「嘘の生」は意味を有し、そのおかげで存在することができる。「口実」のような偽の錨を「人間の秩序」に下ろすことは、真実を目指す人間の試みに対応するものではない。

「嘘の生」という整然とした表面の下では、生が真に目指すものを宿している隠れた領域が、真実に対して「隠れて開かれている」隠れた領域が眠っている。

「真実の生」の特殊な政治的な力は爆発的なもので数量化できないが、開かれた「真実の生」の協力者の姿は見えないものの、どこにでもいる。つまり、その「隠れた領域」を持っているのである。そこから何かが生まれ、声を上げ、理解者を見出す。それは、潜在的な交流が行なわれる空間である。この空間はもちろん人目につかない。だからこそ、権力の側から見れば、とても危険である。そこで生じる複雑な動きは薄明かりの中で起こる。最終段階になると、あるいはその結果として、驚くほど多種多様な振動を惹き起しながら、「光」となるともはやふつうの方法で隠蔽するのには手遅れとなり、社会の権力が困惑する状況が生まれ、パニックが生じ、不適切な対応を取ることになる。「オポジション〔野党／反対勢力／敵対勢力〕」という表現をもっとも広義で捉えた際、その言葉が育まれた場となっているのは、ポスト全体主義体制における「真実の生」であるように思われる。この体制の「オポジション」と所与の権力との対立は、もちろん、開かれた社会や「古典的」独裁とは根本的に異なる形をとっている。あれやこれやといった直接的な権力装置に依存する事実や制度にもとづく計量化できる権力のレベルでの対立ではなく、まったく異なるレベルのものである。人間の意識や良心のレベルであり、実存のレベルである。この特殊な力の有効範囲は、支持者、投票者、兵士の数で測ることはできない。生の隠れた目的、尊厳や基本的権利の実現を求める抑圧された人間の欲望、社会や政治への現実的な関心といった社会的意識を持った「第五列」〔敵と内通する人びと〕の中でも広がるからである。この力はあれやこれやといった具体的な社会、政治集団にあるのではなく、あらゆる権力構造を含む、社会全体に秘められた潜在性の中にある。この力は自軍の兵士に依拠しているのではなく、いわゆる「敵軍の兵士」に依拠している。つまり、嘘の中で生きていて、真実の力に——少なくとも理論的には——影響を受ける〔あるいは、少なくとも自己防衛という本能からこの力に順応しうる〕すべての人に依拠している。これは、条件さえ整えば、一人の民間人でも一師団まるごと武装解除できるような細菌兵器のようなものである。この力は、権力闘争には直接関与しないが、人間存在という権力にとって漠然とした空間で作用する。隠れた動きが呼び起こされる時期、場所、様態、範囲を事前に推測することは困難だが、目に見える形で結実することもある。現実の政治的な活動や事態、社会運動となったり、さらには市民の不満が突然爆発したり、一枚岩と思われていた権力構造内部で激しい闘争が生じたり、社会や精神風土の抑えられない変化が起きたりする。というのも、現実のありとあらゆる問題や危機は、嘘という分厚い皮で覆われているために、コップから水がいつこぼれ出すか、その契機となるのは何なのか、つねにはっきりとしないからである。そのため、権力は「真実の生」をめぐる試みがあると、それがいかにささやかなものであっても、予防としてほぼ反射的に訴追する。

では、なぜ、ソルジェニーツィン(6)は祖国から追放されたのか？　それはソルジェニーツィンが現実の力を持っていると見なされたからではなく、自分の地位が奪われるのではないかと体制の幹部が危険を察したからである。かれの追放は別次元のものだった。真実という恐ろしい泉をふさごうとする絶望に満ちた試みだった。それは、人びとの意識にどのような変化をもたらし、それによりどのような衝撃を政治にもたらすか、誰も事前に予測できない真実の泉だった。ポスト全体主義は独自の方法で対処をする。つまり、みずからを防御するために「見せかけ」の世界の不可侵性を擁護したのである。

「嘘の生」を覆い隠すカバーは、奇妙な素材でできている。社会全体を密閉しているあいだは、石のように頑丈である。だが、誰かが一箇所でも穴を開けた途端、たった一人が「王さまは裸だ！」と叫んだ瞬間、たった一人のプレイヤーがゲームの規則を破って、それがゲームにすぎないことを暴くやいなや、別の光がありとあらゆるものを照らし出し、カバーはじつは紙でできていて、耐えきれずに破れ、崩れはじめるのではないかという印象を与えることになる。

私が「真実の生」と語る時、それは、例えば、知識人のグループが書く抗議文や書簡といった概念的な考察のことだけを指しているのではない。一人の人間あるいは集団が操作されていることに抗議するあらゆる手段が「真実の生」となりうる。知識人の手紙から労働者のストライキ、ロックコンサートから学生のデモ、茶番めいた選挙の投票拒否から、公的な会議での公的な演説、そしてハンガーストライキにいたるありとあらゆるものである。ポスト全体主義体制が生が目指すものを全面的に抑圧し、あらゆる生活表現の複雑な操作にその基盤を置いているのであれば、生をめぐって自由に意志表明することは、間接的に政治を脅かすことになる。異なる社会状況であれば、人目に触れることがなく、爆発的な政治的意味を持つとは誰も考えないような表明であったとしてもである。

プラハの春は、現実の権力レベルでの二つの集団の衝突としてしばしば解釈される。体制を現状のまま維持しようとした集団と体制の変革を試みた二つの集団である。だが、この衝突は、元々は人びとの精神と良心において長きにわたって繰り広げられてきたドラマの最終幕、必然の結果であったことは忘れられがちである。このドラマの始まりには、最悪の時代であっても真実の生を営んでいた一人一人の個人がいた。このような人たちは、現実の力を持っていなかったし、そのような力を求めもしなかった。そしてまた、かれらの「真実の生」は政治的な考察となる必要もなかった。それは、詩人であったり、画家であったり、音楽家であったりした。だが必ずしも創造的な職に就く人ではなく、人間としての威厳を保とうとした普通の人たちだった。今となっては、真実を求めるどのような振る舞い、どのような態度が、いつ、目に見えない入り組んだ小道をどのように通って、どのような環境で影響をもたらしたか、真実のウイルスが「嘘の生」という組織の中で広がり、それを破壊していったか、確定することは困難をきわめる。だが、一つ、明らかに思えることがある。政治を変革しようという試みは、人びとが目覚めた原因ではなく、その最終的な成果であったということである。

このような経験の下で光を照らせば、現在の状況もよりよく理解できるだろう。憲章七七に署名した千人の人びととポスト全体主義体制の対立は、政治的には望みがないように思える。開かれた政治システムという伝統的なレンズを用いてみれば、それぞれの政治勢力は現実の力のレベルでそれぞれの立場を占めているように思われる。このような見取り図の中では、憲章のようなミニ政党にはいかなるチャンスもない。だが、ポスト全体主義体制の権力の性質を念頭に置いてこの対立を見てみると、その図式はまったく異なって見える。憲章七七の出現、その存在、その活動が「隠れた領域」でいったい何をもたらすか、チェコスロヴァキアで市民の自己意識を再建しようとする憲章の試みがどのような方法で評価されるか、正確にわかっている者は一人としていない。このような賭けが現実の政治にそもそも変化をもたらすのかどうか、それはいつなのか、どのような方法によるのか予測するのはさらに難しい。その試み自体がすでに「真実の生」に属している。人間の存在にまつわる解決方法としては人間を固有のアイデンティティという強固な土壌に回帰させ、政治としては「一か八かの賭け」に飛び込ませる。そのため、これを決心するのは、後者の危険を犯しても前者の価値があると考える人たちか、あるいは、今日のチェコスロヴァキアでほんとうの政治を行なうには他の選択肢がないと考えるに至った人たちだけである。両者はともに同じである。このような見解に達するのは、自分のアイデンティティを政治で犠牲にしたくない人、場合によっては、そのような犠牲を求める政治に意味を見出さない人だけである。

ポスト全体主義体制が、現実の力のレベルで、「自発的な動き《オートマティズム》」の法則とは関係ない政治の選択肢を徹底的に不可能にすればするほど、潜在的な政治の脅威は、実存的な、「前・政治的な」領域へとその重心をはっきりと移していく。「真実の生」は──多くの場合、意識的に働きかけるまでもなく──体制の「自発的な動き《オートマティズム》」とは別の方向に作用するあらゆる活動の唯一の起点と自然になっていく。そのような活動が単なる「真実の生」と特徴付けられるものの枠の外に出たとしても、類似の構造、運動、制度に変わり、それ自体が政治と見なされはじめ、公的な構造に現実の圧力を加え、それ自体の特徴を残しながら現実の力のレベルでもある程度作用しはじめる。そのため、このようなことが生じる特殊な背景を考慮せず、特性を全容において理解しようとしない人は、いわゆる「ディシデント」の運動、その活動、その展望を十分に理解はしないだろう。

九

「嘘の生」が引き起こした人間のアイデンティティの深刻な危機、そのような生を可能にする危機には倫理的なレベルがある。それは、とりわけ、社会の倫理面での深刻な危機として現れる。消費の価値体系にとりつかれた人間、大衆文化の混合物《アマルガム》の中にアイデンティティが「融け」、自分が生き残ることしか考えず、高次の責任を意識せず、存在の秩序に根ざしていない人間は、堕落した人間である。体制は人びとのそのような堕落を拠り所にし、それを強めるが、その堕落こそ社会を投影するものとなる。

　そのような場に追い込まれた人間が拒絶し、目指す「真実の生」は、逆に、みずからの責任を担おうとする試みである。それは、明らかに倫理的な行為である。人間が多大な犠牲を払わなければならないからではなく、それが目的になっていないからである。状況が一般的に改善するなど、いわゆる「報い」はありうるかもしれないが、必ずあるわけでもない。この点において、すでに触れたように「一か八かの賭け」であり、思慮深い人間が今日犠牲を支払えば明日報われるという形式的な恩返しとしての目論見から足を踏み出すとは考えがたい（権力の代表者たちは、「真実の生」を目的のある動機——権力、名声、あるいは金銭への欲望——とつねに関係付け、そうすることで、自分の世界、つまり堕落が当たり前の世界へと引きずり込もうとする)。

ポスト全体主義体制において、「真実の生」が選びうる独自の政治の主たる基盤になるとしたら、政治の本質や展望についての考察はどのようなものであれ、倫理的レベルを政治的現象として考察しなければならないだろう(倫理は「上部構造」の産物であるとして確信している革命的マルクス主義者が、全般にわたる意義を理解したり、その世界像に編入する友人の試みを邪魔するとしたら、それは、その当人にとって損害となるだろう。世界観の前提を不安を抱きながらも信頼することは、自身の政治活動のメカニズムを正当に理解する妨げとなり、それによって逆説的にも、マルクス主義者が他者を疑うようなもの、つまり「虚偽意識」の犠牲者となるだろう)。

ポスト全体主義体制において倫理性が持つ特殊な政治的意味は、少なくとも近代の政治史において例外的なものであり、それは、このあと解説を試みるが、広範な結果をもたらしうるものである。

十.

一九六九年にチェコスロヴァキアでフサーク政権が誕生して以後、もっとも重要な政治的出来事は憲章七七の出現であったことに疑いはないだろう。だが、憲章七七が出現する精神的風土を準備したのは直接的には政治的出来事ではなかった。それは、音楽グループ、ザ・プラスチック・ピープル・オブ・ジ・ユニヴァースの若い音楽家たちが関係する一連の裁判だった(7)。その裁判で対立したのは二つの政治勢力ではなく、生をめぐる二つの概念だった。一方では、ポスト全体主義という制度の無菌のピューリタニズムがあり、もう一方には、ただ真実の生を営もうとした無名の若者たちがいた。かれらは、自分の好きな音楽を演奏し、真実の生に関わることを歌い、自由、威厳、友愛に満ちた生を営もうとしていた。かれらに政治活動の過去があるわけではなく、政治的野心を抱いた意識の高い野党の政治家でもなければ、権力構造から追放された元政治家でもなかった。こういった人たちは、与えられた状況に順応し、「嘘の生」を受け入れ、安穏と安全に暮らすあらゆる可能性を有していた。けれども、かれらは別の道を選択した。それにもかかわらず、いや正確に言えば、だからこそ、かれらの事例は特殊な反響を引き起こした。まだあきらめずにいたすべての人びとに影響を与えたのだ。それればかりか、多種多様な抵抗に対する期待、無関心、疑念という長きにわたる時代を経て、ついに新しい現象を見出したのである。ある種の「疲れることに疲れた」のだ。いつか状況はよくなるさ、と希望を抱きながらも、成果のないまま待ち続け、受け身で生きることに飽きはじめた。ある意味で、それはコップから水がこぼれる契機となった一滴だった。それまで孤立していたり、相互協力を控えていたり、あるいは協力関係が難しかった多くのグループや潮流は、突如として、自由は不可分一体のものであるのをともに強く感じはじめた。チェコのアンダーグラウンド音楽への攻撃は、もっとも重要で基本的なものへの攻撃であり、すべての人を結びつけるものであると誰もが理解したのである。つまり、「真実の生」、生が真に目指すものに対する攻撃であった。ロックミュージックの自由は人間の自由として理解し、つまり、哲学的、政治的考察の自由、文学の自由、人びとの様々な社会的、政治的な関心を表現し、擁護する自由として理解したのだった。連帯という真の感情が人びとのあいだで呼び起こされ、（創作態度や生活への姿勢という点でかけ離れてはいても）他者の自由のために立ち上がらないということは、自分の自由をみずから断念することを意味すると意識するようになったのだ（平等なくして自由はなく、自由なくして平等はない。憲章七七は、昔から伝わるこの考えを自分たちに欠かせないものとし、チェコスロヴァキア近代史にとってもきわめて重要な要素と位置付けている。著書『六八年』の著者が[8]「排除の原理」として見事に分析しているものは、現代の我が国の倫理的・政治的貧困の根底にあるものである。それは、民主主義者と共産主義者の奇妙な陰謀により、第二次世界大戦の終わりに生まれたその原則は、その後「痛ましい結末」にいたるまで発展を見せたが、憲章七七によって数十年間で初めて克服された。それぞれの自由を保障しつつ、連帯をする憲章七七において初めて誰もが平等なパートナーとなったのである。これは、共産主義者と非共産主義者の「連立」ではなく——そして歴史的に新しいものでも、倫理的・政治的観点から見れば革命的なものではない——、いかなる人に対しても前もって開かれ、いかなる人も前もって低く見なすことのない共同体である)。憲章七七が生まれたのは、このような雰囲気からであった。それほど知られていないロックグループのメンバーを一、二人逮捕しただけで、これほど広範な政治的な結果をもたらされると、誰が予想しただろうか?

憲章七七が誕生したプロセスは、これまで論じてきたものを見事に示していると思う。政治的な意味を少しずつ担うようになった動きがもっとも本質をなす背景や起点となるのは、ポスト全体主義体制では、具体的な政治的な出来事や異なる政治勢力や概念の対立ではない。それは通常まったく別の場所で生まれている。「嘘の生」と「真実の生」、つまりポスト全体主義体制の主張と生が真に目指すものがぶつかり合う「前‐政治的」な広範な領域で生じている。当然のことながら、生が真に目指すものは多種多様な形を取る。その目的は、物質、社会、地位にまつわる基本的な関心であったり、またある時は特定の宗教的な関心だったり、あるいは、自分なりに威厳のある生活を営みたいというささやかな欲求に見られるもっとも本質をなす実存的な要求だったりする。これらの対立が政治的性格を帯びるのは、目的が実行される際の「政治性」のためではない。ポスト全体主義体制が人間を包括的に操り、またそのような操作に依存しているため、人間のありとあらゆる自由な行為や表現、「真実の生」のありとあらゆる試みは、必然的に体制を脅かすものとなり、つまり際立った「政治」として現れる。「前‐政治的」背景にもとづく動きが結果として政治的な表現を取ったとしても、それは副次的に生まれ、成熟したものでしかなく、むしろ、そのような対立の産物でしかなく、綱領、計画、衝撃といった起点ではない。

同じことは、一九六八年のチェコスロヴァキアでも確認できる。共産党の政治家たちが体制の変革を試みたのは綱領があったからでも、謎めいた啓示を受けて突然決意したからでもなく、伝統的な意味で政治にまったく関わりのない様々な領域の圧力が長きにわたって少しずつ強まっていったからである。かれらは社会の葛藤（つまり体制の目指すものと生の目指すものの対立）を政治的に解決しようと試みたのだが、それは長年にわたって自身の生活を通して日常的に体験し、多種多様な社会階層の中で明らかに広がっていたもので、社会の生々しい反響に答える形で、研究者、芸術家たちが多様な命名を試み、学生たちが解決を求めていたのである。

憲章七七の誕生は、先に触れた倫理的側面が有する政治上独特な重要性をも示している。というのも、多種多様な人びとが連帯するという力強い感覚なくして憲章七七の誕生は想像できない。付随する罰則を恐れず、近い将来ある具体的な結果がもたらされるかもしれないという淡い希望など持たず、ただ、これ以上手をこまねいてはいられない、共に、大声で、真実を口にしなければならないという突然の感情が芽生えなければ、憲章はなかっただろう。「……耐え忍ぶに値するものごとがある……」とヤン・パトチカは亡くなる前に書いている。私が思うに、憲章に署名した者たちは、この言葉を単なる遺言としてではなく、今自分がしていることをもっとも的確に表現したものとして受け止めたのであろう。

外側から眺めてみると、とりわけ、体制、権力構造の側から見てみると、憲章七七の登場は驚きとともに受け止められた。天から降って湧いてきたようなものに思えたことだろう。もちろん、天から降って湧いたものではないが、そういった印象を抱いたのは納得できる。憲章に連なる動きは、「隠れた領域」、つまり図に示したり、分析し難いあの薄明かりの中で進行したからである。この運動が今後どのように展開するか予測できないように、この運動の誕生を予測したものはごく少数だった。それは、「隠れた領域」の何かが瀕死の状態にある「嘘の生」の表面に穴を突然開けてしまう瞬間に特有な衝撃だった！「見せかけ」の世界に落ちていけば落ちていくほど、驚くことに、このようなことが起きるのである。

十一

ポスト全体主義体制の社会では、伝統的な意味での政治的生活はすべて根絶やしにされている。人びとが公けの場で政治的見解を表明できる可能性はなく、それぱかりか、政治組織を編成することも叶わない。その結果生じた隙間は、イデオロギーの儀式がことごとく埋めることになる。このような状況下、政治への関心は当然のことながら低下し、大半の人びとは、(仮にそのようなものが何らかの形で存在するとしても)独自の政治思想、政治的活動といったものは現実離れした抽象的なもので、ある種の自己目的化した戯れでしかなく、強固な日常という心配事から絶望的に遠く離れたものと感じる。関心はあるものの、まったく余計なものとして見なす。というのも、一方でまったくの夢想であり、他方できわめて危険であるからだ。なぜなら、この方向へ何か試みようものなら、権力によって厳しく処罰されるからである。

それでもなお、この社会にも、生の課題として政治をあきらめず、自分なりに政治を考え、意見を表明し、場合によっては政治集団の結成を試みる個人や集団がかならずいる。というのも、こういったことは、かれらの「真実の生」の一部となっているからである。

このような人たちの存在があり、活動がなされていることは、それ自体きわめて重要で、価値あることである。かれらは最悪の時代にいながらも政治的考察の連続性を保とうとしている。あれやこれやといった「前‐政治的」葛藤からある具体的な政治的な動きが生まれると、すぐにみずから政治を考え、そのようにして、相対的な成功を収める可能性を高めようとする。もし何らかの成功がもたらされるとしたら、このような孤立した「兵士なき将軍たち」のおかげである。かれらは、犠牲を払わなければならない困難に直面しながらも、政治的考察の連続性を保ち、適切な時期に、その後に展開する運動やイニシアチブをその政治的な考察の分だけ豊かにする（これに関して、その典型的な事例がふたたびチェコスロヴァキアに見出される。七〇年代初頭に収監されたほぼすべての政治犯の苦しみは当時無駄なように思われたが――無関心が蔓延し、弱体化した社会で、かれらの政治的試みはドン・キホーテのように思えた――、今日、かれらは、当然のことながら、憲章に積極的に署名している。かれらが犠牲となった倫理的な遺産は憲章七七で評価され、かれらの体験、政治的考察のおかげで憲章の活動は豊かなものになっている）。

だが、このような友人たち――直接的な政治活動を決してあきらめず、直接的な政治的責任をいつでも担う心構えができている人たち――の思想と活動は、慢性的な病気に患っているように思える。それは、社会的、政治的現実としてのポスト全体主義体制の歴史的特性を十分に理解していないからであり、この体制に特徴的な権力の特性を十分に理解していないためである。つまり、伝統的な意味での直接的な政治活動を過大評価しており、真の政治的変化が生まれる培地での「前‐政治的」出来事や過程を過小評価している。政治家、場合によっては政治的野心を持つ人物として、かれらは（十分に理解できることだが）かつては自然だった政治生命が終わりを告げたものをふたたび継承しようとしている。通常の政治状況であればふさわしいとされる振る舞いを保とうとし、無意識のうちに、まったく異質の思考方法、習慣、観念、カテゴリー、概念を、新しい条件に編入しようとしている。そのようなものが新しい条件下でどのような内容や意味を有するのか、新しい条件下の政治はどのようになるのか、政治的な影響は何を、どのようにもたらすのか、政治的な可能性をもちうるのは何なのか。このような問いかけをまったく考慮していないのである。あらゆる権力関係から除外され、そのような構造に直接影響を与えることはできないという考えを抱くことで――それは多少なりとも民主主義社会（あるいは「古典的」独裁）での政治をめぐる伝統的な考えに忠実であるからにすぎないのだが――、現実から遠ざかってしまう。私たちが提案する妥協が受け入れられないのに、なぜ現実と妥協するのかという疑問を抱き、まさにユートピア的な考えの世界に埋没してしまうのである。

だが、すでに示唆したように、ポスト全体主義体制では真に重要な政治的出来事は、民主主義体制とは異なるものから、異なる形で生まれる。代替する政治モデルやプログラムをつくることや野党《オポジション》となる政党を結成することに関して、大多数の人びとが無関心であったり、懐疑的であったりしたとしても、それは、公的な事柄に対してあきらめが広がっているからでも、一般的な意欲減退による「高次の責任」が失われているからだけでもない。だが、そこには、健全な社会が本能として感じている一片がある。じつはすべてが「まったく別様」であったかもしれず、ほんとうはすべて別の形でやらなければならなかったのかもしれないと人びとが感じているかもしれない。

近年、ソ連ブロックのいくつかの国で起きている政治的に重要な衝動が政治家ではなく、数学者、哲学者、物理学者、作家、歴史家、ふつうの労働者といった人びとによってもたらされ、現実の権力レベルに達する前の少なくとも初期段階において、様々な「ディシデントの運動」のモーターとなっているのが、「非政治的な」職に就く人だとしたら、それは、政治家だと自認する人たちより、こういった人たちが賢いからではなく、政治的な思考、政治的な慣習、つまり、伝統的な政治思考、伝統的な政治的慣習に煩わされたり、縛られていないからである。このような人たちは、逆説的にも、実際の政治的現実に対して柔軟であり、そこで何ができるか、そこで何をすべきかについての感覚がきわめて優れている。

だが以下のことはどうすることもできない。代替となる政治モデルのヴィジョンは、いかに見事なものであっても、あの「隠れた領域」に直接訴えかけることもなければ、人びとや社会に火を点し、現実の政治的な動きをもたらすものでもないだろう。潜在的な政治の真の領域は、ポスト全体主義体制では別のところにある。この体制が複雑に要求するものと生が目指すもののあいだでずっと続く過酷な緊張関係にある。つまり、少しだけでもほんとうの自分と調和して生きること、許容される生き方で生きること、上司や役所から辱めを受けないこと、警察に始終監視されないこと、より自由に表現できること、自然な想像力を発揮できること、法的安全性を享受することなど、人間として基本的に必要なことである。具体的にこの領域に接するものはすべて、どこにでもある基本的な生の緊張に関係付けられるものはすべて、かならず人びとに訴えかけるものである。理想を掲げた政治や経済の抽象的プロジェクトは正当であるかもしれないが、それほど関心を惹きはしない。実現する契機が自分にはほとんどないのを知っているからではなく、政治が具体的な人間の「ここと今」を起点とせず、抽象的な「あそこ」や「いつか」に固執すればするほど、人間の隷属化の新たな事例にしかならないのを今日の人びとは切実に感じているからである。ポスト全体主義体制に暮らす人びとは、権力の座に就いているのが一つの政党か、複数政党か、党の名称は何かといったことより重要なのは何かよくわかっている。それは、人間らしく暮らすことができるか否かという一点である。

伝統的な政治カテゴリーや慣習の重荷から解放されること、人間存在の世界を十全に受け入れること、そして世界を分析した上で政治的結果を導き出すことは、もちろん、政治的に現実的であるばかりか、「理想的な状態」という観点から見ると、政治的にも展望がある。より良い状況へ、真に、深く、恒常的な変化をもたらすには、他のところでも触れるが、伝統的な政治概念にもとづく、ただ外的な（つまり構造、制度という）政治コンセプトとして浸透しているものを起点とすることはもはやできない。世界における人間の位置、そして自分自身、他者、森羅万象に対する関係を人間から、人間という存在から再構築する必要がかつてないほど求められている。よりすぐれた経済的、政治的モデルが、より深い実存的、倫理的な社会の変化から生じる必要性がかつてないほど求められている。それは、新車のようにただ設計して、導入すればよいものではない。それは、古く、衰弱したものの亜種でないとしたら、たえず変化し続ける生の表現のようなものとしてつくられるものであろう。新しい体制を導入すれば、すぐにより良い生活が保障されるというわけではなく、むしろその反対だろう。唯一より良い生活をつくりあげられるのは、より良い体制のみである。

もう一度、繰り返しておくが、政治的考察、コンセプトのある政治実践の意義を過小評価しているわけではない。その逆である。私が思うに、真の政治的考察、真のコンセプトを伴う政治的実践は、私たちが今手にしていないもののことである。「真の」という表現を用いる時、念頭に置いているのは、引き返すことのできない世界（引き返したとしても、もっとも重要なものは解決されないままだろう）から私たちの状況に持ち込まれたあらゆる伝統的な政治的図式から解放された考察、実践のことである。

他の政治勢力や組織同様、第二、第四インターナショナルといったものでも、私たちの様々な試みを政治的に支援することは可能だろう。だが私たちの代わりに私たちの問題を解決することはそのいずれにもできない。私たちとは異なる世界の異なる状況にもとづいており、理論的なコンセプトは私たちにとっても興味深いところや学ぶべき点が多いだろうが、それらを自分のものと見なしたり、それらによって自分たちの問題を解決することはない。民主主義社会の政治的生を揺るがす議論に自分たちを接続することは、多くの点でばかげているように思える。この体制を変えたいのか、あるいは改革したいだけなのかとどうやって真剣な顔で議論ができるのだろう？　このようなものは、私たちの状況にあっては典型的な問題のすり替えでしかない。というのは、目下のところ、体制を改革したり、変えたりする可能性が私たちにはないからである。改革がどこで終わり、変化がどこから始まるのか、私たちにはまったくわからない。これまでの厳しい体験から、「改革」も、「変化」もそれ自体では何も保証しないということをよくわかっている。だが、あれやこれやといった教義の観点から、私たちが生きている体制が「変化した」のか、「改革された」のかどうかは、私たちにしてみれば、結果としてどうでもよいことである。威厳ある生活を営むことができるのか、人間が体制に仕えるのではなく、体制が人間に仕えることができるのかどうかが肝要であり、私たちは、その目的を目指して、戦うことのできる手段を用いて、戦う意味のある手段を用いて戦っている。自国の政治的日常から抜け出せずにいる西側のジャーナリストが、私たちのアプローチのことを、あまりにも法律尊重主義であるとか、あまりにも危険であるとか、修正主義であるとか、反革命であるとか、革命であるとか、ブルジョア的であるとか、共産主義的であるとか、右翼であるとか、左翼であるとか、どのように呼ぼうとも、それは、私たちの関心の一番最後に位置するものでしかない。

十二

まったく異なる環境から私たちの環境へ移植されたため、不明瞭であり続けている概念の一つに、「オポジション〔野党／反対勢力／敵対勢力〕」という概念がある。

ポスト全体主義体制において「オポジション」とはいったい何だろう？

伝統的な議会制民主主義の社会において、政治的な意味での「野党《オポジション》」とは、現実の力を行使できるレベルにある政府側ではない政治勢力（しばしばそれは単一政党、政党の連合である）である。代替となる政治プログラムを提案し、政権に就くことを目的とする。国家の政治生活の自明の一部として政府から敬意を払われ、合意した法的な枠組み内で政治活動を行ない、権力奪取を試みる。この「野党《オポジション》」以外にも、「議会外野党《オポジション》」という現象があり、これは、現実の力が行使できるレベルで多少なりとも組織された勢力であるが、体制によって定められた規則の外で活動するもので、通常の枠組みとは異なる手段を用いる。

「古典的」独裁の「反対勢力《オポジション》」は、代替する政治プログラムを提案する政治勢力であり、合法的あるいは合法の境界線上で活動するが、同意された法の枠組み内で権力を競う可能性がない勢力のことである。もしくは、ゲリラグループや反抗運動として、支配権力との武力衝突を準備する（あるいは、その衝突の際に出現する）勢力のことである。

ポスト全体主義体制では、このような意味での「反対勢力《オポジション》」は存在していない。では、この概念は、どのような意味で用いられているのか?

1．しばしば（特に西側ジャーナリストによって）この概念に括られるのは、権力構造内部にいる個人や集団であり、かれらは、より高次のものと隠れた権力の衝突の中で現れる。かれらが衝突する動機となるのは、ある種の（もちろん、それほど顕著ではない）見解の差異であるが、権力に対するきわめて単純な欲望であったり、他の代表者に対する個人的な嫌悪であったりすることがしばしばある。

2．ポスト全体主義の「対抗勢力《オポジション》」は、先に触れたように、間接的に政治的な射程を有しているものすべて、あるいは有しうるものすべてである。つまり、ポスト全体主義が、純粋にその「自発的な動き《オートマティズム》」の観点から脅威と感じるもの、あるいは、そのようなものとして現実の脅威となっているものすべてである。この観点から見れば、「真実の生」を試みるすべてのものが「対抗勢力《オポジション》」となる。青果店店主がスローガンをショーウインドウに飾るのを拒否することから、自由な詩を執筆することにいたる、生が真に目指すものが、体制の目指すものが制限する境界を超えるすべてである。

3．「真実の生」というよりも、一般的には、妥協なき姿勢、批判的見解を公に貫き、自身の独立した政治思想を隠すことなく、程度の差はあるが、自身を政治勢力と捉える集団として（またもや西側の観察者たちに）理解されている。このような意味において、「対抗勢力《オポジション》」という概念は「反体制派《ディシデント》」という概念と多かれ少なかれ重なるところがある。もちろん、そのように呼ばれる人びとの中にも、この名称を受け入れるか拒否するかという大きな違いはある。その違いは、自分たちの力を直接的な政治勢力として理解しているかどうか、現実の力を行使できるレベルである野心を有しているかどうかという点だけではなく、「対抗勢力《オポジション》」という概念をどのように理解しているかという点においても見られる。

別の例を出すことにしよう。憲章七七は声明の冒頭で「敵対勢力《オポジション》」ではないと強調している。というのも、代替となる政治プログラムの提示は考えていないからである。憲章の使命はまったく別物であるため、プログラムの提示は行なわない。その提示によってポスト全体主義体制における「敵対勢力《オポジション》」に限定されてしまうと、真の「対抗勢力《オポジション》」と見なすことができなくなってしまうからである。

もちろん、政府は憲章が生まれた当初から、明らかな対抗組織として捉え、そのようなものとして対応している。つまり、政府は、当然ながら、前述2のような意味で「対抗勢力《オポジション》」を理解している。つまり、全体主義の操作から逃れ、体制が個人に対して求める絶対的な原則の要求を否定するものと見なしている。このような定義を受け入れるとしたら、憲章を「対抗勢力《オポジション》」と見なす政府には賛同しなければならない。「嘘の生」という普遍性に依拠するポスト全体主義の権力の不可侵性を深刻に侵害するからである。

だが、憲章の署名者自身が「対抗勢力《オポジション》」として捉えるものとは異なるものがそこにはある。私が想定するに、署名者の大半は「対抗勢力《オポジション》」を民主主義社会（あるいは「古典的」独裁社会）で定着した伝統的な意味にもとづくものとして捉え、我が国においても政治に限定された力として受け止めている。それは、私たちの事例においては、現実の力を行使するレベルでは力を及ぼすことはなく、政府が認めた法制の枠組みではその可能性はさらに少ないが、もしその可能性に恵まれたら、それを拒みはしないだろう。というのも、代替する政治プログラムは存在し、その代表者は直接的な政治を通して責任を担う覚悟ができているからである。「対抗勢力《オポジション》」についてのこのような前提を踏まえて、それに同意しない者――大多数だろう――もいれば、それに賛同する者も少数だがおり、かれらは憲章が「対抗勢力《オポジション》」の活動のための場を与えるものではないという点をよく理解している。だが同時に、憲章の署名者の誰もがポスト全体主義体制の状況の特殊性を理解しており、人権をめぐる闘いだけではなく、比較的「罪のない」ものであってもこの状況では特殊な政治的力を持っており、それゆえ「対抗勢力《オポジション》」の要素と捉えられると理解している。このような意味での「対抗勢力《オポジション》」について、いかなる憲章の署名者も異議を申し立てることはできない。

このような状況を、さらに複雑にする事柄がある。ソ連ブロックの社会を支配する勢力は、何十年にもわたって、考えうる中で最悪のものとして非難する際に「敵対勢力《オポジション》」という表現を用いており、それは「敵」と同義語となる。誰かを「敵対勢力《オポジション》」と呼ぶことは、それは（もちろん帝国主義の旗印のもと）政府の転覆を企み、社会主義に引導を渡す人物であると述べるのと同義である。この表現が用いられるだけで絞首刑となる時代もあった。こういった状況から、積極的にこの表現を好んでみずからに用いる人は増えなかったが、それよりもこれは言葉に過ぎず、重要なのは、どのように名付けられるかよりも、実際に何をするかという点だった。

多くの人がこの名称を拒む決定的な理由は、「反対派《オポジション》」という概念そのものに何か否定的なものが込められているからである。そのように定義する者は、ある「位置《ポジション》」に対して定義をすることになる。自身を社会の力に関係付け、それを通して自己を定義する者は、体制の位置から自分の位置を導き出すのである。真実に生きること、思っていることを声に出すこと、他の市民と連帯すること、望むものをつくること、「より良い自分」と調和して振る舞うことを決心した人びとにしてみれば、本来肯定される自分の「位置」を否定的に定義したり、何か別のものに置き換えたりすることは好ましいことではなく、さらに、これこれである自分としてではなく、これとこれに反対する人としての自分を理解することは好ましいことではなかった。

誤解を避ける唯一の方法は、当然ながら、この「オポジション」という概念を使ったり、「オポジション」について判断が下される前に、この概念はどのような意味で用いられているか、私たちの状況において、これは何を意味するか、明確に述べることである。

十三

「オポジション」という概念が、状況が異なる中、どういう意味で用いられているか十分に考慮されずに民主主義社会からポスト全体主義体制へ移植されているのに対し、逆に「ディシデント」という概念は、少なくとも我々と同じ形では、民主主義社会には存在しない、ポスト全体主義体制に固有の現象を示す名称として、西側のジャーナリストによって選ばれ、一般的にそのように受けとめられている。

では、「ディシデント」とは誰なのか?

私が思うに、この名称にふさわしいのは、ソ連ブロックの市民のうち、真実の生を営む決心をしている人たちであり、さらに次の条件を満たす人びとだろう。

1. みずからの妥協しない姿勢、批判的な見解を、限られた可能性の中で公けに表明し、それを一貫して示し続けている人。そのため、西側で知られている人。

2. 国内で刊行はできず、政府はありとあらゆる手段を用いて迫害をしているが、このような姿勢のため、程度の差こそあれ、自国の人びとや政府からも一定の敬意を集めており、制限された奇妙なものではあるがその環境でのみ間接的に行使できる力を持っている。この力のおかげで、迫害について言えば、最悪な事態を免れたり、あるいは、迫害が行なわれた場合、政府はある政治的な問題を抱えることになる。

3．かれらの批評的関心、活動の地平は、直接的な環境や特殊な関心という狭い枠組みを超えて、より一般的な事柄に結びつき、一定の政治的性格を帯びる。自身が直接的に政治的力であることを認識している度合いは個人によって異なっている。

4．かれらの多くは、知的な仕事、つまり「文筆」に関わっている。というのも、言葉による表現は、かれらにとって主たる（多くの場合、唯一の）政治手段であり、それにより、（とりわけ国境を超える）関心を惹き起こす。「真実の生」にも他の方法があるが、国外の観察者の視点からすれば、観察が困難であるため消えてしまうか、この枠組みを超えたとしても、文章表現のそれほど目立たない補足としかならない。

5．就いている職業がどのようなものであれ、西側では、専門とする仕事よりも、市民参加していること、あるいはその活動が政治批判となっていることとの関連でしばしば言及される。個人的な体験からわかることだが、市民として意思表明をする作家としてではなく、（空いている時間に）戯曲も書いている「ディシデント」として扱いはじめる、目に見えない境界がどこかにあり、その境界は、みずからが望んだわけでもなければ、いつ、どうやってそうなったのかもわからないものである。

こういった条件を満たす人びとがいることは事実だろう。ただ、このような——そもそも思いがけない形で区切られた集団に対して特定の名称を使うこと、とりわけ、「ディシデント」という名称を用いるのがふさわしいかどうかについては議論の余地がある。

だがそのように用いられている現状があり、それを変えることはなかなかできないだろう。そればかりか、中には——いやいやながら、あるいは話を早く進めるために、皮肉を込めて、そしてつねに疑問を抱きながら——この名称を受け入れている者もいる。

ここで、なぜ「ディシデント」の大半の人は、このように呼ばれることを好まないのか、理由をいくつか説明しよう。

まずこの名称は、語源から問題を孕んでいる。よく知られるように、「dissident」は「背教者」を意味するが、「ディシデント」本人は自分をそうは思っていない。何かに背いてはいない。むしろ、その逆である。かれらは自分自身に賛同している。もし何かに背いたとすれば、それは、嘘と疎外に満ちた生、「嘘の生」に背を向けているだけだろう。

だが、これは主たる点ではない。

「ディシデント」という名称は、何か特別の職業という印象をどうしてももたらす。様々な普通の生業の他に特殊な方法、つまり、ある状況に対して「ディシデント」として不平を述べる方法があるかのようである。「ディシデント」とは、交渉すべきだと思うことをすぐに行動に移す、どこにでもいる物理学者、社会学者、労働者、詩人とは別人なのではないか。意識的に試みたわけでも、ましてやみずから望んだわけでもないが、自身の思考、振る舞い、活動の内的論理によって、（偶発的に外的な環境としばしばぶつかり）、権力との開かれた衝突にいたる人たちではないのか。そうではなく、仕立屋とか、鍛冶屋になるのか決めるのと同じ調子で、不満を表す職業を選択する決意をした人たちのことなのでないかと思われている。

　実際は、そうではない。「ディシデント」たる人は、自身がそうなってからだいぶ時間が経ってからそのことに気づいたり、意識したりする。その立場は、個々人が生活を営む上での具体的な姿勢の産物であり、それは、何らかの肩書きを求めようとしたわけではない。「ディシデント」になるという意識よりも前に、生活を営む上での具体的な姿勢、具体的な活動があったわけではない。つまり、「ディシデント」とは、日に二十四時間身を捧げたとしても、それは職業ではない。それは何よりも自分という存在をかけた姿勢である。ここで話題にした偶発的な外的な条件を偶然に満たすとしても、「ディシデント」という名称に値する人びとの専有物ではない。

　真実に生きようと試みている無名の人びとが何千人もいる。真実に生きることを望みながらも、それができずにいる（たまたま外的な環境によって、一歩踏み出した人より、十倍の勇気が求められただけかもしれない）人びとが何百万人もいる。こういった人びとの中から、さらに行き当たりばったりに何十人かが選ばれ、特殊な「社会カテゴリー」とされたら、このようなアプローチが状況のきわめて歪んだイメージでしかないのは当然だろう。「ディシデント」は、著名人の集団で「保護動物」のような特別なグループであって、他の人に禁じられていることが許されていたり、それぱかりか寛容さの生々しい証しとして政府が世話さえもしているという印象を与えてしまう。あるいは、つねに不満を抱いている人がこれほど少なく、大した騒ぎになっていないのであれば、逆に他の人たちは基本的に満足しているのではないかという錯覚を補強することになる。そう、満足していなければ、そいつらは「ディシデント」となる。

これだけではない。こういった分類のせいで、「ディシデント」が関心あるのは集団としてであって、かれらが政府と論争しているのは二つの対立する集団の抽象的な議論でしかなく、社会の外側を向いた、本質的には社会に関係ないようなものだという印象が無意識のうちに植え付けられてしまっている。もちろん、このような見解は「ディシデント」の姿勢が持っている真の意義とは乖離したものである。というのも、ディシデントの態度とは、「他者」をめぐる関心に他ならず、社会全体、つまり「他の人たち」と呼ばれるすべての人たちをめぐる関心とともにあるからである。「ディシデント」が何らかの権威を有しているとしたら、あるいは、いないはずの異国の昆虫が迷い込んだにもかかわらず絶滅していないのは、政府がこの集団、その思想に特別な敬意を払っているからではない。「真実の生」が「隠れた領域」に根を下ろしている潜在的な政治の力を十分に感じているからであり、「ディシデント」の行為がどういった世界から生じて、どのような世界を目指していくか、十分に感じているからである。それは、人間らしい「日常」の世界、生の目指すものと体制の目指すもののあいだに日常的な緊張がある世界を目指す（憲章七七が登場したのち、憲章は真実ではないというキャンペーンを政府が全国で展開したことに勝る証拠はあるだろうか？　そして何よりも、数百万もの人が署名したという事実はその逆、つまり憲章は真実であることを示している）。政治組織や警察が「ディシデント」に注ぐ関心が多大であるため、政府に取って代わる権力集団として「ディシデント」を恐れているのではないかという印象が生じる。だが、多くの関心が注がれるのは、政府のように、社会の上に位置する全能の者としてあるからではなく、それとは逆に、かれらが「普通の人たち」で、「普通」の心配事を抱えて生きているにもかかわらず、他の人とは異なって、他の人たちが言えないこと、言おうとしないことを声に出しているからなのである。ソルジェニーツィンが持っていた政治的な力については先に触れた。かれは個人として何か傑出した政治的な力を持っているわけではなく、数百万人という犠牲の体験の中にこそその力はあり、かれはそれを声に出し、良心ある数百万の人に訴えたのである。

著名人や人目を引く人びとからなる「ディシデント」という特定のカテゴリーを制度化することは、その本質をなす倫理的出発点を否定することになる。すでに見たように、「ディシデントの運動」が生まれたのは、人権と自由が不可分であることにもとづく同権の原則である。「労働者擁護委員会」（KOR）[9]の「著名なディシデント」が結束したのは、「無名のディシデント」を擁護するためではなかったのか？　まさにその理由によって、かれらは「著名なディシデント」となったのではないか？　無名のミュージシャンと連帯したあとで憲章七七の「著名なディシデント」は結束したのではなかったのではないか？　かれらがいなければ憲章はまとまらず、著名になることもなかったのではないか？　これは残酷な逆説である。ある市民が他の市民の立場に立とうとすればするほど、「他の市民」から遠ざかっていく言葉で表現されるとは！

以上の説明により、私がこの論考で「ディシデント」という語に括弧を付す理由が明らかになったことを期待する。

十四

チェコとスロヴァキアがオーストリア＝ハンガリー帝国の不可分の一部を成し、これらの民族が帝国の枠組みの外にアイデンティティを見出すべき政治、心理、社会に関わる現実的な前提が存在しなかった頃、T・G・マサリク(10)は「慎ましい仕事」という発想にもとづくチェコ民族のプログラムを掲げた。これは、生活の多種多様な領域において現存する秩序の枠組みの中での真摯かつ責任ある仕事のことで、民族の創造力、自己意識を高めるものであった。当然ながら、強調されるのが、啓蒙、養育、教育、倫理、人道主義という点である。マサリクは、民族が威厳ある運命を切り開く唯一の起点として、人間らしい威厳ある運命を切り開くための前提を個人に見出していた。民族の立ち位置を変化させる起点となるのは、個人の変容であると考えていたのである。

「民族のための仕事」という考えは、私たちの社会に根付いており、多くの点で成功を収め、今日なお機能している。この標語の下できわめて洗練された「口実」として体制との協力を隠している者以外にも、今日なお、その精神を保ち、少なくともいくつかの領域において議論の余地のない成功を残している者が多くいる。多くの勤勉な人がより良いものが作れるのにそうせず、人びとが真に必要とする最大限のものを提供すべく、避けられない最低限のものを「嘘の生」に捧げるという好ましくない状況が今日どれほどあるか推し量るのは難しい。これらの人びとは、「慎ましい仕事」は悪しき政治に対する間接的な批判であるというきわめて真っ当な考えを持っており、直接的な批判をするための自然権の断念を意味するかもしれないが、この道を選ばざるをえない状況があるという認識に立っている。

にもかかわらず、このような姿勢は、今日、六〇年代の状況と比べてみても、明らかに限界を呈している。「慎ましい仕事」がポスト全体主義体制の壁にぶつかり、ジレンマに直面する事態がしばしば生じる。撤退するか、基盤となる誠実さ、責任、威厳を弱めるか、あるいは単に順応するか（多くの人びとの選択肢）、それとも、始めた道を歩み続け、社会権力との避けられない衝突にいたるか（少数派の選択肢）。

「慎ましい仕事」という考えが今ある仕組みでもどんなことをしても維持しなければならないという命令形によるものでなかったら（この見解に立てば、そこから追放される者は「民族のための仕事」を断念したことになる）、今日その意義は大きいものにはならないだろう。もちろん、「慎ましい仕事」が「民族のための仕事」ではなく、「民族に抗う仕事」となる点を定める振る舞いの一般的な基準というものもなければ、どのような状況でもその区別がつく万能なものもない。だが、こういった反転が起きる危険性はますます深刻になっており、「慎ましい仕事」が壁にぶつかりそうになり、衝突を回避しようとして本来の意義を裏切ってしまうことがますます容易になりつつある。

一九七四年、私がビール工場で勤めていたころ、上司はŠという人物だった。ビール製造のことをよく理解し、貴族のような誇りを自分の仕事にも持っていて、工場でよいビールを造ることだけを考えていた。ほとんどの時間を工場で過ごし、何を改良すべきか始終考えている人で、誰もが自分と同じくらいビール製造を愛しているはずだという思いを抱いていたので周りの者が困惑することもあった。社会主義体制で誰もがだらだらと仕事をしている中、建設的な労働者を見つけることは困難な話だった。工場の主導権を握っていたのは、この分野にそれほど詳しくもなければ、この仕事にたいした関心もない、けれども政治的に影響力を持つ人びとだった。工場の経営はどんどん傾き、Šの提案に反応しなかったばかりか、Šに対して敵対的な態度を取るようになり、Šの仕事を妨害するようになった。あまりにも状況がひどくなったので、Šは上層部に長い手紙を書き、工場内のあらゆる問題を仔細に検討し、どうしてこの地域で最悪の業績になっているか、真実にもとづいて説明を試みた。かれの声は届いたはずである。政治的な力はあるものの、ビールは理解せず、策略ばかりを試み、労働者を見下す工場長は交代させられ、工場はŠの指導のもとで改善されるはずだった。もしそうなったら、「慎ましい仕事」の成功事例となったはずである。だが、それとは正反対のことが起きた。党の地区委員会の一員であった工場長は上層部に知り合いがいて、自分が望むような解決を目にすることができた。つまり、Šの分析は「中傷文」とされ、Šは政治的に有害な人物と見なされ工場から追放され、他の部署、資格を持っていない職場に異動となった。「慎ましい仕事」はポスト全体主義体制の壁にぶつかったのだ。Šは真実を言うことで、一線を越え、ゲームを中断し、「追放された」のである。敵というレッテルを貼られ、「下位市民」となり、何を言っても、もはや原則的に耳を傾けられることがない。かれは、東ボヘミアビール醸造所の「ディシデント」となったのである。

思うに、かれの事例は、先の章で触れたことを別の観点から示す一例である。ある日、誰かがこの特殊なキャリアを目指すべく突如決心して「ディシデント」となるのではなく、複合的な外的環境と組み合わさった内的責任がかれをそのような立場に追い込んだのである。現存する構造から追放され、それらと対立することになった。当初は、自分の仕事をこなすという意図でしかなかったが、最後に残ったのは敵というレッテルだった。

つまり、良い仕事は悪い政治の真なる批判となる。うまく行く時もあれば、どうにもならない時もある。そしてうまく行く回数が減っていったとしても、それは良い仕事のせいではない。

もはやオーストリア=ハンガリー帝国の時代ではない。当時、(バッハの絶対主義という最悪の時代に)[11] チェコ民族にはたった一人の「ディシデント」しかおらず、その人物はブリクセン送りの刑となった。[12]「ディシデント」という言葉をスノッブな意味で使わないとしたら、「ディシデント」は、今日、街角という街角に見出せると述べなければならない。

「ディシデント」を「慎ましい仕事」を断念した人びととして非難することは馬鹿げている。「ディシデントであること」は、マサリクの「慎ましい仕事」の代わりとなる選択肢ではなく、多くの場合、逆に想定されうる唯一の結果なのである。

ここで「多くの場合」と述べたのは、それはつねに起こることではないことを強調したいがためである。誠実で責任ある人だけが現存する仕組みの中で、それらと対峙するとは私は到底思わない。ビール職人のŠは、たしかにその戦いを勝つことができたかもしれない。単に踏みとどまることができたのでその場に踏みとどまった人物を「ディシデント」でないという理由だけで批判するのは、その例として「ディシデント」に触れることと同様に無意味なことだろう。そもそも、人間の振る舞いの何が良いもので、その振る舞いが良いかどうかという基準にもとづいて判断されずに、人間が直面した外的な環境にもとづいて評価されるとしたら、真実に生きるという試みという「ディシデント」の立場そのものが矛盾に陥るだろう。

十五.

真実に生きようとする青果店店主の試みは、かれがただあることをしないという点に限られる。管理人に密告されるかどうかを気にすることなく、窓に旗を掲げない。選挙だと思えない選挙に行かない。上司の前で意見を言うことをいとわない。かれの試みは、体制のある要求を満たすことを「ただ」否定しているだけかもしれない（もちろん、それは些細なことではない）。だが、それ以上のことに発展する可能性を孕んでいる。青果店店主は、何か具体的なことをし始めるかもしれない。操作に対して個人が自己防衛しているものを超え、「高次の責任」を再発見し、対象化する何かをし始めるかもしれない。例えば、同僚と手を取り、自分たちの利益を守る共通の行動をとることができるかもしれない。様々な機関に手紙を書き、身の回りの不正や規律のなさを訴えることもできる。そして、非公式文学を手に入れ、それを複製し、他の友人に貸すこともできるかもしれない。

「真実の生」と呼ばれるものが、ここで話題になっている「市民の独自のイニシアチブ」や「ディシデント」あるいは「オポジション」の運動の存在にかかわる基本的な（もちろん、政治的には潜在的な）起点となるとしても、「真実に生きる」すべての試みが自動的にそのようなものになるわけではない。その逆である。その本来の広義の意味において、「真実の生」はきわめて広範囲に渡り、その境界をはっきりと画定することも、具体的に示すこともできない領域のことである。生活上の些細な振る舞いからなるため、大抵は人目につくことなく留まり、その政治的射程は決して捉えることができず、社会的な雰囲気や状態を広範に記述するぐらいにしか具体的に記述できない。このような試みの多くは、操作に対する基本的な反抗の段階で留まっている。人間は、ただ背筋を伸ばし、ただ個人として、威厳に満ちた生を営んでいる。

ただいたるところで、幾人かの性格、前提、職業、さらに幾多の偶発的な環境（例えば、特定の場所の環境、友人関係など）もうまく作用して、広範で名前のない領域から、よりまとまった具体的なイニシアチブが生まれ、「単なる」個人の怒りという境界線を越えて、意識化、構造化され、目的を明確にした仕事に変わりつつある。「真実の生」が「嘘の生」の「単なる」否定となるのをやめ、ある特殊な方法でそれ自体を表現しはじめる境界は、「人びとの独立した精神的、社会的、政治的生」と名付けられるものが生まれ出す場所である。この「独立した生」は、もちろん、他の（「依存する」）生と明確な線で区切られてはいない。多くの場合、両者は個人の中でも共存している。また、そのもっとも重要な起点は、比較的高い度合いで内面が解放されていることに特徴付けられる。操作された生という大洋に浮かぶ船は波に揉まれながらも、生の抑圧された目的をはっきりと「表現」する「真実の生」の目に見える使者として波のあいだから姿を見せている。

では、何によって、この「人びとの独立した生」は実現されるのだろうか？

この表現のスペクトルは、もちろん、広範に渡る。自分なりに学ぶことや世界について考察することから、自由な文化創作をし、それを他の人と共有すること、さらには多種多様で自由な市民の立場にまでいたり、それは、独自に自分たちで何かの組織を立ち上げることも含む。つまり、「真実の生」それ自体が表現しはじめ、目に見える形で形成されていく空間のことである。

　のちにそのような空間、つまり「人びとの独立した生」から、「市民のイニシアチブ」、「ディシデントの運動」あるいは「オポジション」と呼ばれるものが氷山の一角として姿を見せる。もっとも広義な意味での「真の生」というぼんやりとした領域から「人びとの独立した生」が「真の生」を明確に「表現」したものとして生まれるように、「独立した生」からあのよく知られる「ディシデント」も生まれる。もちろん、ここには顕著な違いがある。「人びとの独立した生」を、少なくとも外の視点から「真実の生」の「高次の形態」として捉えるとしても、「ディシデント」はつねに「人びとの独立した生」の「高次の形態」であると明言はできない。「ディシデント」はその表現の一つにすぎない。確かにこれは目立つ表現で、一見するともっとも政治的で、政治性という点にこそその特徴がもっとも顕著に表現されているかもしれないが、必ずしもそれがもっとも成熟し、もっとも重要な表現であることを意味してはいない。それは、一般社会にとってという意味だけではなく、間接的な政治の射程という意味においてもそうである。というのも、すでに見たように、「ディシデント」とは、元の環境から無理やり引きずり出された現象に特殊な名称が与えられたにすぎない。だが、実際には、それが生まれ、それが不可欠な一部をなし、あらゆる生命力を得ている全体的な背景なくしては考えることはできない。ポスト全体主義体制の特殊性について述べたことから、次のことが導き出せる。つまり、ある瞬間、もっとも政治的な力として見えるもの、そのように思われているものが、必ずしも現実にはそのような力ではないということである。というのも、それぞれの独立した政治的な力はつねに潜在的な力となっているという状況があるからである。もしほんとうにそうだとしたら、それは、「前‐政治的」な文脈に依存しているにすぎない。

では、このような叙述から何が言えるだろうか？

つまり、次のことに他ならない。「人びとの独立した生」に何らかのかたちで関わり、「ディシデント」とは見なされない人びとの仕事を第一に言及せずには、「ディシデント」がいったい何をしているのか、その活動がどのように作用するか話すことはできない。それは、こういった人たちかもしれない。検閲や公的に要求されることを一顧だにせず、好きなように文章を書き、自身の作品を（公的な出版社が刊行を望まないため）「サミズダート」[13]で流通させている作家。公的な環境あるいはその周辺ですら研究することが許されず、独自に研究を進め、同様に論文を「サミズダート」で発表し、私的な討論の場、講義、セミナーを催す哲学者、歴史家、社会学者、その他の学者。普通の学校では教えられていないことを若い人たちに個人的に教える教師。自身の環境で、それがない場合はその外で自由な宗教生活を営もうとしている宗教関係者。公的な機関にどう思われようと気にすることなく創作し続ける画家、音楽家、歌手。こういった独立した文化を伝え、広めようとするすべての人たち。ありうる多様な手段で、労働者の真の社会的関心を表現し、擁護しようとし、本来の意義を労働組合に取り戻し、独立した労働組合の設立を試みるすべての人たち。法を遵守する上で障害となるもの、不正を役所にたえず訴える人びと。操作されることから逃れ、自分なりの生を営み、独自の生活基準にもとづいて生きようとする若者たちの多様な集団、等々。

こういった人たちを「ディシデント」と呼ぶ人は、きわめて少数だろう。だが「有名なディシデント」は、かれらと異なるのか？　ここで議論したことは「ディシデント」もやっていることではないのか？　「ディシデント」は学術論文を書かず、「サミズダート」で発表しないのか？　文学作品を書かないのか？　私的な大学で学生たちに講義をしないのか？　ありとあらゆる不平に対して戦おうとせず、多様な人びとの真の社会的関心を研究したり、表現しようとしないのか？

「ディシデント」の姿勢の源、内側の仕組み、いくつかの側面をたどる試みを終えて、今、ようやく私は、ものごと全体を「外」から眺め、いったい「ディシデント」は何をしているのか、かれらのイニシアチブは客観的にはどのように表現され、具体的に何につながるのか、検討する段階にいたった。

まず第一に導き出せるのは、他のすべてを決定し、起点となるもっとも重要な領域は、「真実の生」の具体的な「表現」として、「人びとの独立した生」を形成し、支援する試みである。つまり、つねに、意識的に、そして「具体的に」真実に奉仕すること、その奉仕を体系化することである。それはとても自然なことである。体制が圧力をかけて人びとを疎外しようとする試みから逃れる試みの基本的な起点が「真実の生」であるとしたら、それこそがあらゆる独立した政治的活動の意義のある唯一の基盤であるとしたら、そして究極には「ディシデント」の姿勢の本質をなし、その存在をかけた源泉になるとしたら、客観化された「ディシデント」の活動が、真実への奉仕、真実のある生への奉仕、生が真に目指すものに適った場をつくる試みに基盤を置く以外には考えられないのである。

十六

ポスト全体主義体制は、一人で体制に抗い、見捨てられ、孤立した個人に対して、全面的な攻撃を仕掛ける。そのため、あらゆる「ディシデントの運動」が防御的な性格を帯びるのは明らかなことである。人間を、生の真なる目的を体制の目的から守ろうとするためである。

ポーランドの「労働者擁護委員会」（KOR）は今日「社会擁護委員会」と名乗っており、「擁護」という表現はポーランドの他の類似したグループ名にも見受けられ、ソ連の「モスクワ・ヘルシンキ・グループ」、それに我が国の憲章七七も同様に防御的な性質を帯びている[14]。

伝統的政治の観点から見れば、このような防御はプログラムとして理解できなくはないが、その場に応じた最小限の、しまいには否定的なものと思われることがある。だがここでは、ある一つのコンセプト、モデル、イデオロギーに対して、別のコンセプト、別のモデル、別のイデオロギーが対峙しているわけではない。つまり、これは言葉の真の意味での「政治」ではない。政治はある「肯定的」なプログラムを前提としており、誰かを何かから守るものに限定されるようなものではない。

私が思うに、このような見解そのものが、伝統的な政治の見方の限界を露呈している。この体制は、具体的な政府の具体的な政治の路線ではない、まったくの別物である。長期に渡って徹底的にひどい暴力を社会に加え、場合によっては社会そのものを破壊している。仮定の路線に対して、別の路線を位置付け、政府に変化を促し、体制と対峙することはまったく現実性を欠き、そればかりか何よりも不十分である。このような方法ではものごとの本質に達することはできない。これまで問題となっていたのは、政治的な路線やプログラムではない。生の問題である。

生が目指すものを擁護し、人間を擁護することははるかに現実的であるばかりか——これは今すぐ始めることができ、はるかに多くの人びとの賛同を得られ（なぜなら、あらゆる人の日常に関係するからである）——、同時に（まさにそのために）他に比較できないほど着実な道程となりうる。というのも、ものごとの本質を目指しているからである。

時には、真実を理解するために、悲惨などん底まで落ちなければならない。星を見るために泉の底へ下っていかなければならないように。このような「その場に応じた」、「最小限の」、そして（私たちのいる状況だけではなく）もっとも望ましい、もっとも肯定的なプログラムである。それは、古くから繰り返される過ち「否定的な」プログラム——人間の「単なる」擁護——は、ある意味で（私たちのいる状況だけではなく）を回避して、起点となる唯一の点へ政治を回帰させる。つまり、具体的な個人という点である。人間に対する暴力がそれほど明白でも残酷ではない民主主義社会において、政治におけるこのような根本からの転換は来るべきものであり、そのような緊急性に政治が直面したら状況はひどいものになるだろう。私たちの世界では、私たちが今まさに直面している悲惨さのおかげで、政治はこのような転換を体験したかのようである。政治の関心の中心からは、救済を可能にする唯一の「肯定的」モデルという抽象的ヴィジョン（そしてもちろん、同じコインの裏側である日和見主義的な政治実践も）が消えはじめ、浮かび上がってくるのはこういったモデルやその実践を通して多かれ少なかれ隷従した人物である。

確かに、どの社会も何らかの形での組織化は必要である。組織が人間に奉仕するものであって、その逆でなければ、人間は解放され、それによって意義ある形で組織がなされるよう場をつくっていくことになる。まず人びとが（「人民が必要としているもの」をよく知っている誰かによって）組織され、その後に解放されることになるだろうという反対のアプローチの異常さは、私たちは身をもって十分に知っている。

まとめると、こういうことである。伝統的な政治の光学に束縛されている者が「ディシデントの運動」にマイナスを見出す点――つまり、その防御的性格――に、私は最大限のプラスを見出す。私の見解によれば、この点こそが、プログラムの観点が不十分だと思われる政治を克服するものなのである。

十七.

ソ連ブロックの「ディシデントの運動」において、人間の擁護は、様々な公的文書（「世界人権宣言」、人権に関する国際規約、「ヘルシンキ宣言」、各国の憲法）にもとづいて、人権や市民権を擁護する形を取る。これらの運動は、その権利を享受していることで訴追されないよう働きかける。また国家権力が遵守するようつねに要求し、権利が侵害される生活のあらゆる圏域に注意を注ぐなどして活動を行なう。

そのため、かれらの活動は合法性の原則にもとづいている。公けの場で、誰が見ても分かる形で活動するが、それは、自分たちの活動が法の範囲内であることを主張するだけではなく、法の遵守を訴えることは自分たちの主たる目的の一つであると主張するためである。このような合法性の原則は、活動の起点、枠組みとして、ソ連ブロックの全域にわたって共通して見られる（個々のグループがこの点において同意しているわけではない）。

こういった状況は、重要な問いかけを私たちに投げかける。なぜ、これほど広範に権力の恣意性が認められる環境において、合法性の原則がそれほど自然かつ普遍的なものとして受け入れられているのか、という問いである。

第一のレベルにおいて、合法性の主張は、ポスト全体主義体制という特殊状況での自然な表現であり、特殊性の本質を理解した産物である。社会の自由を賭けた戦いが、合法性の原則と（武装、非武装問わず）抵抗という二つの基本的な選択肢しか実質的にない場合、全体主義体制という状況で後者を選択することは不適切であるのは誰が見ても明らかである。抵抗は、明白かつ誰にもわかる形で動きのある状況、例えば、戦争状態、社会や政治の対立が高まる状況にこそ適当なアプローチである。それは、「古典的」独裁が成立したり、崩壊する状況である。現実の力を行使できるレベルで、少なくとも競合しうる社会勢力が人目につく形で対立している状況（例えば、占領政府と自由をかけて戦う国民）、権力を奪った者と従属する人びとのあいだに明白な境界が存在する状況、もしくは、社会が明らかな危機に陥っている状況である。ポスト全体主義体制では、極端な爆発的な状況がないかぎり（一九五六年のハンガリー）[15]、異なる特徴がある。それは静的で、安定している。社会の危機は、多くの場合、（仮に深刻なものであったとしても）潜在的でしかない。社会は、現実の権力レベルではっきり別れていないが、基本的な対立は、すでに見たように、人間の内部で進行している。こういった状況では、どのような抵抗を試みても、人びとからの反響は最小限のものしか期待できないだろう。というのも、「眠っている」この社会は、消費社会の競争に明け暮れ、ポスト全体主義体制にどっぷり「浸かっている」（つまり、その一員として、「自発的な動き《オートマティズム》」を担っている）ため、抵抗を認めず、それを自身への攻撃と捉え、（偽の合法性を担保すべく）体制への併合を強める反応を見せるだろう。これに加え、直接か間接かを問わず、社会を監視するかつてないほどの複雑かつ完全な機構を有しているポスト全体主義体制の状況を考慮すれば、どのような抵抗の試みも、政治的に尊重されないばかりか、技術的に不可能だろう。ある具体的な行為に結実する前に、それは潰されるだろう。仮にうまくいったとしても、孤立した幾人かの個別の行動に留まってしまい、巨大な国家の（そして超国家的な）権力のみならず、その名の下にこういう試みがなされたはずの社会も反対するだろう（そのためこれこそが、国家権力およびプロパガンダが、テロの目的を「ディシデントの運動」のせいにし、その活動の非合法的かつ陰謀的手法を非難するもう一つの理由となっている）。

「ディシデントの運動」が合法性の原則をとる主たる理由は、こういった事情からだけではない。その理由は、より深いものと結びついている。つまり、「ディシデント」の姿勢というもっとも内なる構造にある。暴力を用いて体制を変化させようとする原則は（およびこういった変化を目指す抵抗はいずれも）、「ディシデント」にとって、暴力を信頼しているという事実をもってして、本質的に異質なものであり、そうでなければならない（暴力を許容するのは直接的な暴力しか暴力に対峙できず、反対の選択は暴力を支援することになる極端な状況で必要悪として見なされる場合のみである。例えば、第二次世界大戦の土壌を用意した諸要因の一つとして、平和主義によって盲目となったヨーロッパの状況を思い出すことができる）。すでに触れたように「ディシデント」は次のような発想に対して懐疑心を抱いている。真の社会変化は（どのような方法であれ）体制や政府の変化によって可能となり、いわゆる「根本的な」この変化は、それほど「根本的でない」もの、つまり人間の生を犠牲にしてもやむを得ないではないかという発想への懐疑心である。理論的な概念を、具体的な人間の生活よりも上に見る。だが、まさにここに、人間の新たな隷属化という潜在的な危険性がある。「ディシデントの運動」は、すでに示唆したように、それとは正反対の視点を持っており、体制の変化は何か外的なもの、二次的なもの、それ自体は何も保証しないものとして捉えている。未来を語る抽象的な政治ヴィジョンから、具体的な一人の人間へと、「ここと今」という一人の人間を守るうえで効果的なものへの転換は、「より良い未来という名」のもとで行なわれるあらゆる暴力への絶対的な嫌悪を伴う。そして、暴力によって得られた未来がより良いものになることはないと強い疑念を抱き、暴力という手段によって刻まれた傷を運命的に背負うことになると確信している。これは保守主義や、いわゆる政治的な「穏健」などではない。「ディシデントの運動」が暴力による政治的な転換という考えを避けているのは、そのような解決があまりにも急進的であるからではなく、むしろ逆にそれほど急進的ではない点にある。政府を変えたり、技術‐体制を変えることで解決できる領域よりもはるかに深いところに問題はあると見ている（十九世紀のマルクス主義の古典的な図式に忠実な人の中には、搾取する階級が搾取される階級を支配しているという風に私たちの体制を捉える者もいる。搾取する側の人たちが自らの権力を手離さないため、支配階級を一掃することが唯一の解決だと考える。こういった人びとは、人権をめぐる戦いのようなものを、どうしようもないほどの法律尊重主義で、実体のない、ご都合主義のようなものと見なしており、嘘の法則にもとづいて、搾取する側の人たちと交渉できるのではないかという誤った前提を持ち出して、人びとを惑わせることもある。だがどこを見ても革命を実行に移す人物はかれらの中からは見つけられず、苦い思いや懐疑心を抱き、受身になって、しまいには何にも感じない状態、つまり、体制が望むような状態になる。他の世界、他の時代と同じモデルをポスト全体主義体制に闇雲に適用することはいかに誤っているかを示す一例である）。

もちろん、法律、特に人権に関する一般的な法律が、「見せかけ」の世界のファサード、その一部でしかなく、全体主義が密かに背後で操っている単なる遊びの世界でしかないのに、法律に依拠することがどういう意味を持つのかという疑問を抱いたとしても、暴力による転覆によってのみ状況を変えることができるという見解に賛同する必要はない。「奴らはどんな法律でも通すことができる、どっちにしろ、好きなことをするのだから」。これは、しばしば私たちが耳にする意見である。「言ったことを守ること」も、法の遵守も永遠ではない。子どもですら知っているように、それは支配する権力がどれだけそれを望むかという程度の問題でしかない。つまりは、偽善、シュヴェイク的[17]な好訴妄想なのではないか？　はてには、ゲームの推奨される遊び方とは別のもの、自己欺瞞の別の形ではないのか？　これは、「ディシデント」の姿勢の出発点として、「真実の生」の原則と相容れるものなのか？

この問いに対しては、ポスト全体主義体制における法秩序の機能についてより広範な考慮を行なったうえでしか答えることはできない。

「古典的」独裁では、権力を有する者の意志が何の規制もなく直接的に実行に移されるため、その基盤や権力の作用を隠す必要はないため、過度に法秩序を担うことはない。だがポスト全体主義体制では、逆にすべてを規律に結びつける必要に駆られている。ここでの生活は、規則、法令、指示、規範、命令、ルールの網の目がいたるところで敷かれている（「官僚」体制と呼ばれるのは、それなりの理由がある）。こういった規範の大部分は、生を複雑に操る直接的な装置となっており、そのような生はポスト全体主義体制に特有なものとなっている。ここでは、人間は巨大な機械の小さなねじの一つでしかない。人間の意味は、装置の中で果たす機能に限定される。職業、住居、移動、社会的や文化的表現、こういったすべてのものは、厳重に制限され、規制され、制御される。事前に決められた生活様式から逸脱するものはすべて、過失、自己本位、無秩序と見なされる。官僚制度のためなかなか認可されない許可を得ずに国家規範から逸脱する特別料理を客に提供したレストランの調理人から、官僚制度の許可なくコンサートで新しい歌を歌う歌手にいたるまで、ありとあらゆる人が、ありとあらゆる生の表現の中で、官僚的な規則の糸でがんじがらめになっている。規則の糸の総体は、ポスト全体主義の法的な所産であり、体制が目指すものにもとづいて、ありとあらゆる生が目指すものをより徹底的に関連付けていく。つまり、体制の潤滑な「自発的な動き《オートマティズム》」のためである。

狭義での法秩序は、こういった直接的な方法によって、ポスト全体主義体制に奉仕する。この点においては、「規則と禁止の世界」の他のあらゆる領域と異なることはない。だが同時に間接的な方法でも——あるレベルでは深く、あるレベルでは浅く——奉仕している。その方法によって、直接的に関与しなくとも、イデオロギーの機能に明らかに近づくことになる。

1. 法秩序もまた、ある「口実」となっている。法という「文字」の高貴な衣服に、権力の「低い」実行を隠してしまう。公正さ、「社会を守る」、権力行使の客観的な規制という心地よい幻想を作り上げ、法実践の現実に即した本質を覆い隠す。我が国の生活について何の知識もなく、ただ我が国の法律だけ知っている者がいたとしたら、私たちがなぜ不満を述べるのかまったく理解できないだろう。裁判官および検事を全面的に隠れて操作している政治、実際には明らかにされない裁判手続き、治安組織による職権乱用、司法に対する治安組織の優越、意図的に曖昧になっている条文の馬鹿げた拡大解釈など。さらに、法秩序の重要な条項（市民権）の完全な無視。このようなことすべてが、もちろん、外部の観察者には隠されている。その人物にしてみれば、我が国の法秩序は、他の文明化された国家と比べてもそれほど悪いものではなく、むしろ、それほど違いはないのではないかという印象を抱くかもしれない（ただし、憲法上、特定政党の統治が永遠に保障されている点、隣接する超大国に対する本国の愛が歌われているといった奇妙な点を除く）。だが、それだけではない。このような観察者が、治安、司法が実践される（「書類上」の）形式的側面を検分する機会が与えられても、一般的な規定のほとんどは全体として遵守されていると思うだろう。起訴は逮捕後定められた期日の間になされ、逮捕状の発行も同様であり、起訴状は適切に渡され、被告には弁護士がいる、と。つまり、すべてに口実がある。法律を遵守しているという口実が。実際には、残酷かつまったく無意味にも若者の人生を駄目にしている。例えば、禁止されている作家の小説を複製したというだけの理由によって。あるいは、警察官が虚偽の起訴を行なったがために（裁判官から弁護士まで誰もがそのことを知っている）。だが、こういったことは背景にとどまる。起訴が虚偽であることは裁判資料からは明らかではなく、煽動に関する条項は、小説の複製を必ずしも排除するものではない。法秩序は、少なくともそのいくつかの箇所では、「見せかけ」の世界のファサード、一部でしかない。では、なぜそれがあるのか？　それは、イデオロギーが存在するのと同じ理由である。体制と人間のあいだの「口実」となる橋を建設することで、人間が権力構造に編入され、権力の恣意的な要求に奉仕することを容易にするためである。「口実」は、法を遵守し、悪者から社会を守っているという錯覚によってごまかしている（この口実がなければ、新しい世代の裁判官、検事、捜査官を募集することは困難を極めるだろう）。もちろん、「見せかけ」の世界の一部としての法秩序は、検事の良心だけではなく、大衆、国外の人びと、歴史をも欺いている。

2．イデオロギーと同様に、法秩序は、権力内の儀式的コミュニケーションの装置として不可欠なものである。権力の行使に形式、枠組み、規制を与え、権力のあらゆる要素に対して、相互理解を促し、相互を参照させ、合法性を与え、このゲームに「規則」を与え、技術者に技術を与えるのは、まさに法秩序なのではないだろうか？　ポスト全体主義の権力行使は、この普遍的な儀式抜きで考えることはできるのか？　この儀式こそが権力の行使を可能にし、その共通言語として関連する権力要素をまとめているのではないだろうか？　権力構造の中で占める抑圧装置の位置が重要になればなるほど、それが作用するには何らかの形式的な規律がより必要となる。裁判官、検事、尋問官、弁護人、裁判速記がおらず、分厚い書類がなければ、またすべてが何らかの規律に縛られていなければ、本を複製しただけでこれほど円滑に、怪しまれることも問題もなく拘留できるだろうか？　無害に思われる、騒乱罪に関する刑法一〇〇条がなかったらどうだろう？　必要とされることれら一式がなくても可能となる場合もあるかもしれない。だがそれが可能となるのは、せいぜいウガンダの盗賊による一時的な独裁だけだろう。文明化された大多数の人間を包含し、安定し、尊敬される近代社会の一部をなす体系においては、それは考えられないことであり、まず技術的に不可能であろう。法秩序およびそれが儀式的にまとめ上げる役割なくしては、この体制は存在しえない。

儀式、ファサード、「口実」が担う役割がもっとも雄弁に現れているのは、市民が何をしてはいけないかと記したり、起訴の根拠について記された法秩序の箇所ではなく、市民は何ができ、どういう権利があるのかが記されている箇所である。そこにあるのは、まさに「言葉、言葉、言葉」しかない。この箇所もまた、体制の側から見るときわめて重要である。市民を前にして、学校にいる児童を前にして、国際社会を前にして、歴史を前にして、体制はその総体としての合法性をそこに根拠付けているからである。体制はこの合法性を無視するわけにはいかない。体制が存在するにあたりきわめて重要な自身のイデオロギーの基盤を疑うわけにはいかないからである（すでに見たように、権力構造は、自身のイデオロギー、そしてその威光に直接的に隷属している）。体制が参照するすべてのものを否定することはできない。「見せかけ」の世界という完全性の柱の一つをみずから破壊することになるからだ。

権力構造の中を、権力の行使が血管中の血のように流れているとしたら、法秩序は、血管の「血管壁」のようなものであり、それがなければ、血液は秩序立って流れることはできず、社会という体のいたるところで偶発的に吹き出してしまい、秩序は崩壊することになるだろう。

私が思うに、永続的に無限に続く法——人権だけではなく、他のすべての法律——を参照することは、法を参照する者が、我が体制の法律は、現実あるものとは別のものであるという錯覚に屈しているということではない。自分たちがどのような役割を担っているか、かれらは承知している。だがまさにそのために、体制が——法という「高貴な」形によって——自分を必要としていることをよくわかっている。そして、このような法を参照することがどれほど重要な意味を持っているかもよくわかっている。法を手放すことができず、（「口実」のために、コミュニケーションのために）法の有効性を見せかける必要性にどうしようもなく結びつけられているために、「言葉通り受け止める」ことに対して、何らかの反応を見せなければならない。法を参照することは「真実の生」の行為そのものであり、まさに嘘をついているという点において、この嘘だらけの構造全体を潜在的に脅かすことになる。あらゆる権力構造を含む、法律の儀式的特徴を社会の前で幾度となく明らかにし、その真の物質的内容に注意を向けさせ、その背後に隠れているものすべてに対して、それなしには権力意思が流れることのできない「口実」、コミュニケーション、「血管壁」を強固にし、信頼に足るようにするよう間接的に強制する。その良心からか、外的な印象からか、権力の自己防衛の本能からか（体制およびそれに関連する原則の自己防衛として）、あるいは単なる恐怖心から、儀式を行なう際に「ぎこちなさ」が入り込まないようにする。ようするに、他の選択肢はない。自分たちのゲームの規則を断念することはできないので、この規則をより尊重するしかない。反応しないことは、自分自身の「口実」に対して足をひっくり返し、相互コミュニケーションの制御を失うことを意味する。法律はファサードでしかないので効力がなく、それを参照することは意味がないと主張するのは、かえって、それが「ファサード」であること、「儀式」性を強め、「見せかけ」の世界の一部であることを認め、さらに、それを利用している人物が、「口実」のもっとも安い（つまりもっとも嘘を含む）クッションでもっとも安直に休むことを可能にする。

私はこれまでこの目で幾度となく見てきたのだが、経験豊かな憲章の署名者や勇敢な法律関係者と何か交渉することになり、（匿名の装置から外に出て、名前が明らかな個人として）公共の関心が注がれると、警察官、検事、裁判官は、儀式のどこかに亀裂がないかと突然不安そうに気にし始めるのである。儀式の背後に権力の意志が隠れている事実は変わらないが、不安を感じるという事実それ自体が、必然的に権力の意志を規制し、制限し、ブレーキをかけるのである。

もちろん、これは些細なことかもしれない。だが、一人の人間の「ここと今」という現実を出発点とする「ディシデント」の姿勢の本質をなすものである。抽象的で、先を見通せない「基本的な解決」ではなく、取るに足らない一人の個人の苦しみを和らげるだけかもしれないが、何千回も徹底的になされる具体的な「些細なこと」を信じる。じつは、これは、「ディシデント」の姿勢とは一見相容れないように思われる、マサリクの提唱した「慎ましい仕事」が別の形を取ったものではないか？

「言葉通りに受け取る」というアプローチの内部に潜む限界を強調しなかったら、この箇所は不十分になるだろう。つまり、こうである。法律は、そのもっとも理想的な場合においても、生のより悪いものから、生のより良いものを擁護する不完全で、多かれ少なかれ外的な方法であるということ。だが、法それ自体は、決してそれより良いものを生み出すことはない。法に課せられているのは、奉仕することである。法の意義は、法自体にはない。法に敬意を払うだけで、より良い生が自動的に保証されるわけではない。より良い生は、人間が生み出すものであって、法や組織が生み出すものではない。優れた法を有し、法に対して十全なる敬意が払われているにもかかわらず、生きづらい社会というものも想定することができる。それとは逆に、不十分な法が不十分に適用されているにもかかわらず、どうにか耐えうる生活というものも想定することができる。つまり、もっとも大事なことは、生はどのようなものなのか、法は生に仕えるのか、それとも抑圧するのか、という点である。単に遵守されているかどうかということだけではない（そもそも、法の厳格な遵守は、威厳ある生にとって最大の惨事となりうることがしばしばある）。人間らしい、威厳のある、豊かな、幸せな生への鍵は、憲法や刑法の中にはない。これらは、何が許され、何が許されないかという点だけを定めており、それによって、生をより容易なものにするか、より困難の多いものにするか、制限するか、制限しないか、罰するか、許容するか、擁護するかが決まる。だが決して生の中身や意味を与えるものではない。いわゆる「合法性」をめぐる戦いは、つねに、ほんとうの生を念頭に置き、ほんとうの生との関連において「合法性」を見なければならない。生の美しさ、悲惨さという現実の次元に対して目を見開くことなく、それに対する倫理的な関係がなければ、この戦いは、遅かれ早かれ、自己目的化した学者ぶる人たちの浅瀬で難破してしまうだろう。そういう人物は、裁判記録だけにもとづいて、規定が遵守されているかどうかだけにもとづいて、我が国の状況を判断する国外の観察者に知らず知らずのうちに近づいていくことになるだろう。

十八.

「ディシデントの運動」の基本的な活動は、真実へ奉仕すること、つまり、生が真に目指すものに奉仕することであり、この奉仕が、人間の擁護、自由で真実に満ちた生を営む権利の擁護（人権の擁護、法の遵守を訴える戦い）に連なるとしたら、次なる、目下のところもっとも成熟した段階は、「並行構造」が発展したものとしてヴァーツラフ・ベンダ[18]が公式化したものだろう。

「真実の生」を営もうと決心した人びとが現存する社会構造へ直接的な影響を与えること、さらにその枠組みに参加することが不可能になり、こういった人たちが「人びとの独立した生」と私が呼ぶものを作り始めるようになると、必然的に、「もう一つの」、独立した生の構造が何らかの方法で生まれ始める。あるところでは、構造の萌芽的なものしか見ることができないが、またあるところでは、独自の構造がかなり発展した形態を持っている場合がある。それらの生成と発展は、「ディシデント」という現象とは切り離して考えることはできず、その名称がしばしば用いられる、偶発的に規定された箇所をはるかに超越するものである。

その構造とはどういうものか？

我が国で「もう一つの文化《オルタナティヴ》」という概念を初めて発展させ、実践したのがイヴァン・イロウス(19)だった。当初、かれが考えていたのは、妥協しないロック音楽、またそのような音楽グループに近い文学、美術、「パフォーマンス」表現の領域でしかなかったが、やがてこの概念は、抑圧されながらも独立した文化の全領域に広がって用いられ、芸術やその多様な潮流だけではなく、人文学、哲学的考察についても用いられるようになった。きわめて自然なことに、この「もう一つの文化」は、その基本をなす組織の形を生み出してゆく。「サミズダート」の叢書や雑誌、プライヴェートでのパフォーマンス、コンサート、ゼミ、展覧会など（ポーランドでは、はるかに発展しており、独立した出版社もあり、政治雑誌を含め、雑誌は数多くあり、タイプ打ちではない「印刷」もなされている。ソ連でも「サミズダート」は長い伝統を有しており、その形態もかなり異なっている）。

つまり、文化は「並行構造」がもっとも発展しているのが観察できる領域である。もちろん、ベンダは、こういった構造の展望、および萌芽的な形態を他の領域でも検討している。並行的な情報ネットワークから、並行的な教育システム（私的な大学）、並行的な労働運動、並行的な外交、さらには「並行経済」まで仮定している。こういった「並行構造」の基盤から、「並行都市《パラレル・ポリス》」という概念も導き出しており、場合によっては、その中に、そのような都市の萌芽となる組織をも見出している。

「人びとの独立した生」、「ディシデントの運動」は、発展していくある段階において、ある種の組織化、制度化を免れない。「人びとの独立した生」が徹底的に抑圧されたり、権力によって除去されない限り、そのような発展は自明のことであり、この傾向は強まるだろう。これと手を組む形で、——すでに我が国にも部分的に存在する——並行的な政治の生もまた発展を見せることになるだろう。多様な政治的傾向を持つ人びとが集うことは、政治的に互いを規定し、作用し合い、対峙することにもなるだろう。

「並行構造」は、目下のところ、「真実の生」をもっとも具体的に表したものであり、それらの支援と発展は、今日、「ディシデントの運動」がみずからに課す重要な課題の一つであると言えるだろう。

このことは、体制の圧力に抗う社会のありとあらゆる試みの独自の起点となる場は、「前‐政治的領域であることを再度裏付けるものである。「並行構造」とは、まさに他の生の場であり、それ自体が目指すものと調和し、その目的と調和して作り上げる生の場に他ならないのではないか？こういった社会の「自己組織化」こそ、真実に——社会として——生きようとし、「自発的‐全体主義」を取り除き、ポスト全体主義体制に「組み込まれて」いる自分を根本的に解放しようとする一部の人びとの試みなのではないか？　この体制を否定し、新しい基盤、つまり新しいアイデンティティにもとづく自分の生を根付かせようとする人びとによる、暴力を用いない試みに他ならないのではないか？　この傾向は、具体的な人間への回帰という原則を裏付けるものではないか？

「並行構造」は、体制の変化という演繹的な理論的なヴィジョンから出発しているのではなく（これは政治集団ではない）、生の目指すものを、具体的な人びとが真に必要としているものを起点にしている。ここでその萌芽が確認できるが、ある結果として体制が変化するとしても、それは、事実上、「下から」生じたものであり、変化を遂げた生がそうなるよう強制したのであって、生に先行したわけでもなく、生を方向付けたのでも、生に何らかの変化をもたらしたからではない。

ある普遍的な要素を持っているものが、人間にとって真に意義ある生の起点となることは、これまでの歴史の経験が私たちに伝えてくれる。ある特定の集団のみに関わる、他の人びとには適用できない、部分的なものは起点にならない。それは、すべての人にとって応用できるもの、一般的な解決に先立つものでなければならない。特定の人に限定され、その人だけが担う責任の表現であってはならず、本質的に世界に開かれ、世界が担う責任でなければならない。それゆえ、賛同した人だけの生の問題だけを解決し、他の人たちのことには関心を寄せない、ゲットーへの逃避、孤立行為として、「並行構造」「並行都市」を捉えるのは誤りである。つまり、一般的な状況へ関与しない特定の集団の起点と捉えるのは誤りである。このような考えは、それが兆した段階ですでに、「真実の生」をその起点から遠ざけ、「他者」についての心配を遠ざけ、しまいには、ある洗練された「嘘の生」へと姿を変えてしまう。その結果、個人そして集団の真の出発点となるのをやめるだろう（こういった解決方法は、特殊な地位を有し、権力と特殊な対話を行なう特殊な集団という「ディシデント」の誤ったイメージを明らかに想起させる）。そして、「並行構造」のもっとも発展した生、「並行都市」のもっとも成熟した形が——少なくともポスト全体主義の状況下で——存在しうるのも、その構造のお店で買い物をする、そのお金を使う、市民としてその法律を守るといったことだけかもしれないが、人間が同時に幾千もの異なる関係性によって、公的な仕組みの「第一線」に編入されている時のみなのである。もちろん、「低い」側面が公的な仕組みに統合され、「高い」側面が「並行都市」で開花しているような生を想像することもできる。だが——プログラムとして——他のすべての人が暮らさなければならない矛盾した「嘘の生」の単なる別の形をとる生はないだろう。他に転用できない、「モデルとならない」起点は、個人にとって意義深い起点とはならないことを証明するものにすぎないのではないか？　責任がもっとも興味深いのは、いたるところで責任を担うことができる点だとパトチカはかつてよく述べていた。つまり、私たちが責任を担い、責任を受け入れ、責任を捉えるのは、今、ここ、ようするに、主が私たちに定めたこの空間とこの時間においてであり、インドの僧院だろうと、「並行都市」だろうと、どこかへ移動させて逃れることはできない。西側の若者が個人あるいは集団でインドの僧院に逃避してもうまくいかないのは、そこには、普遍性の要素が欠けているからに他ならない（インドの僧院に誰もが逃げ込めるわけではない）。その正反対の起点の一例がキリスト教である。それは私にとって、今、ここという起点だが、それは、誰でも、どこでも、いつでも起点となりうるからにすぎない。

換言すると、「並行都市」は、全体に対する、全体の責任を深める行為として、深化するのに、もっともふさわしい場所を発見する行為としてのみ発展し、意義を有するのであって、決して責任から逃れることではない。

十九．

「真実の生」の政治的作用の潜在能力について、この表現がある具体的な変化をもたらすことができるのか、そうだとしたら、それはいつ、どのようにしてか、という点を前もって予測する可能性が限られていることについてはすでに触れ、またこの点に関して計算をしても無駄であることについても触れた。これは、「独立したイニシアチブ」の本質をなすものだが、少なくとも本来は「一か八か」の賭けのようなものであるからである。

とはいえ、きわめて大雑把ではあるにせよ、社会に及ぼしうるいくつかの選択肢について考察をせずに済ますのは、「ディシデントの運動」のいくつかの側面を概略するうえで不十分だろう。つまり、先に触れた「全体に対する、全体の責任」を実践して実現するには、どのような方法で可能となるのだろうか（もちろん、そうなる必要はない）という点である。

まず強調しなければならないのは、「人びとの独立した生」という全領域――そしてそのような「ディシデントの運動」もまた――は、ポスト全体主義体制で暮らす国家の歴史に影響力を持っている、与えることのできる唯一の要因ではないことである。潜在的な社会の危機は――このようなものとは関係なく——多種多様な政治的変化をもたらしうる。権力構造を揺さぶったり、個人的、概念的、あるいは少なくとも「雰囲気」の変化をもたらす様々な隠れた衝突を誘発したり、触媒によって速めたりする。生の全体的な雰囲気に対して意義深い影響を与える。予想も予期もできない社会的な動きや爆発をもたらす。ブロックの中心での権力の変化は、他の国々の状況にも多様な影響を与えるだろう。様々な経済要因、グローバルな文化発展に広範に見られる傾向は、重要な影響をもたらすだろう。とても重要な振幅、政治的転換への刺激をもたらしうる極めて重要な領域は、国際政治である。もう一方の超大国およびその他の国々の政治。それは、国際諸国の関心および我々のブロックの立ち位置の構造を変える。もっとも高い位に就く人びともまた無意味ではない（すでに述べたように、ポスト全体主義体制における指導者の意味は過大評価すべきではない）。このような影響の源およびそれらの偶発的な組み合わせは無数あり、場合によって結実する「ディシデントの運動」の政治的意義は、もちろん、こういったことすべての背景のもと、それらとの関連のもとでようやく考えることができる。その意義は、数多くある要因の一つ（そして最重要なものではない）であるが、政治的発展に影響をもたらすが、他の要因とは異なり、人間の擁護という観点からこの発展を考察し、この考察の結果を直接的に適用するよう試みる点だけが異なっている。

「外へ」の運動を働きかける起点となるのは、すでに見たように、つねにそしてとりわけ、社会への作用である（それは、直接的、そしてすぐに現存する権力構造へ作用するものではない）。独立したイニシアチブは、「隠れた領域」に訴える。「真実の生」を、人間と社会の選択肢として示し、そのための場を創出しようとする。そして——もちろん間接的に——市民の意識を高める一助となる。

「見せかけ」の世界を壊し、権力の真の性質を暴く。また物事について唯一よくわかっており、「意識していない」大衆を意識させようとする「アヴァンギャルド」や「エリート」といった救世主的な役割を担うことではない（この傲慢な自己投影は、本質的に異なる思考方法特有のものであり、それは、「理想的な計画」、それにそれを社会に強制する権利を所有していると想定する）。こういった運動は、誰も導きはしない。個々の経験、仕事から、何をするかしないかは個々の判断に委ねている（公的なプロパガンダが、憲章に署名した者を「簒奪者たち」[20]と呼んだとしたら、それは、その「アヴァンギャルド」的な野心を強調するためではなく、権力が思考していることの自然な産物である。それは、「自分を基準にして、他の人を評価する」という原則にもとづいている。というのも、「人民の名の下に」自分がしたように、権力者を引きずり下ろし、その座に就こうとする欲望を批判者の態度につねに見出そうとするからである）。

この運動が権力構造に影響を与えるとしたら、それはつねに間接的であり、社会の一部として、その要素の「隠れた領域」に訴えかけるためである（現実に行使できる力のレベルでの対立ではない）。

そのような作用がなされる方法の一つは、すでに示唆した通りである。つまり、法意識および法の責任を間接的に高めることである。これはもちろん、極めて広範な何か——「真実の生」の間接的な圧力——の特殊な事例でしかない。自由な思想、別の価値、「別の振る舞い」、独立した社会の自己実現。このような圧力に対して、権力構造は望むと望まざるにかかわらず、ある程度反応しなければならない。その応答には、つねに二つの次元がある。それは圧力と適合である。前者がよく現れることもあれば、後者がよく現れることもある（一例として、ポーランドでは「空飛ぶ大学」[21]が出現したことで、迫害が強化された。「空飛ぶ教師たち」の二日間に渡る警察の拘束。だが同時に、公的な大学の教授たちは、そのような機関があるがために、それまでタブーであったテーマに関する授業を増やすことになった)。このような適合をもたらす動機は多様なものである。「理念的なものから(「隠れた領域」は明らかになり、良心、真実への意志は目覚める)、純粋に功利的なものまで。権力にはどうにか存続しようとする本能があるため、変化し続ける思想、精神的、社会的雰囲気に対して敏感でなければならず、これらの変化に対して柔軟に対応しなければならない。どの瞬間にどの動機が支配的であるかどうかは、最終的な結果から見たら大事なことではない。

応答の「肯定的な次元」であるこのような適合は、当然ながら、現実のレベルで多種多様な形や位相を持っていたり、持つことができる。幾人かの人は、特定の価値や「並行世界」から来た人びとを公的構造に統合しようとしたり、専有したり、少し真似をしたり、あまりにも顕著な不均衡の耐えられない状態を是正したり、バランスを取ろうとしたりする(六〇年代、我が国の進歩的な共産主義者たちによって、これまで認められてこなかった文化的な価値、現象が「発見」された。それは当然ながら、肯定的な動きであるが、ある危険を伴っている。例えば、このように「統合」され、「専有」された価値は、その独自性、独創性を失い、「公式」、「妥協」という膜をまとい、その信頼を弱めてしまうからである)。

次の段階では、この適合の動きは、多種多様な試みを通して公的構造を(自身の使命として、あるいはその構造に対して直接)改革しようとする。このような改革は概して中途半端であり(生への奉仕とポスト全体主義の「自発的な動き《オートマティズム》」への奉仕を組み合わせ、「現実主義的に」調整する)、別の物になることはない。「真実の生」と「嘘の生」のあいだにある本来は明確な境界線を曖昧にする。状況をごまかし、社会を煙に巻き、正しい方向性を邪魔する。とはいえ、それが起きていること自体はつねに、原則として良いことであるということは変わらない。新しい場を開くからだ。だが、「許容される」妥協と「許容できない」妥協のあいだの境界線がどこにあるか知ろうとしたり、確定することはより困難さを増す。

他の——より高次の——段階は、公的構造内の分化である。この構造は、程度の差こそあれ、生の真の目的が自然に要求するものとして、一定の制度化された複数の形態に対して開かれている（例として、文化生活の制度的な基盤における国家、中央としての性格を変えることなく、——「下から」の圧力を受けて——その基盤にもとづく、新しい出版社、雑誌、芸術家集団、並行する研究機関、職場など。また別の例として、典型的なポスト全体主義的な「伝動ベルト」であった、国家によって統制される唯一の若者組織は、具体的な必要性という圧力を受けて、大学生同盟、高校生同盟、労働に従事する若者組織といった多かれ少なかれ独立した組織へ分解する）。「下から」のイニシアチブを可能にするこのような分化に直接関係するのは、すでに並行的で、場合によっては独立していないながらも、ある程度公的組織から敬意を払われたり、許容されている新しい構造が誕生したり、設立されることである。こういった機関は、生の正当な必要性に応じるリベラルな公的構造の適応という範疇を超えており、現在ある文脈で相応の立場を求める必要性の直接的な表現なのである。つまり、ここでは、社会の「自己組織化」の現実の表現となっている。（我が国では、一九六八年、この種の組織として、「政治参加する非党員のクラブ」（KAN）、「元政治囚のクラブ」（K231）[22]といったものがよく知られていた）。

このプロセスの究極の段階は、公的構造——ポスト全体主義体制の手足であり、体制の「自発的な動き《オートマティズム》」に仕えるべく立っていたり、倒れたりし、その任務を行なうために内部は構造化されている——の全体が死滅したり、崩壊したり、消失し、かつてそれが活動していた場所で、「下から」生まれた、根本的に異なる構造を有する新しい構造が取って代わるような状況である。

生の目指すものが導入されることで、政治的に（つまり、概念として、構造として、そして「雰囲気」として）、一般的な手順が変わり、あらゆるレベルで社会を操作するものが弱くなっていく他の方法は、これ以外にも数多く想像することができる。ここで言及するのは、一九六八年頃のチェコスロヴァキアで私たちが実際に体験した、一般的な手順がじっさいどのように変化したかについてのみである。さらに付け加えなければならないのが、こういった具体的なフォルムは、ある特殊な歴史的プロセスの表現やその一部であり、これらが唯一の選択肢としては捉えてはならないし、またある特殊な状況にあったため、他の場所（とりわけ我が国ではそうだろう）では繰り返されることはないかもしれない（もちろん、今尚求められ、見出されている、これらの一般的な教訓の意義を減じるものではない）。

一九六八年のチェコスロヴァキアのことに触れたので、このテーマに関して、当時の発展に特徴的だったいくつかの点に言及することにしよう。まず一般的な「雰囲気」、そして概念的、構造的な変化が起きたのは、今日のチェコスロヴァキアのみならず、ポスト全体主義体制全体としての現代の発展段階の状況に類似した現象のようなものが形成され始めたという意味で、「並行構造」の圧力を受けたからではない。公的構造の先鋭化した対極であるこのような構造は、当時、存在していなかった（今日の概念のような意味での「ディシデント」も我が国で見出すのは困難だった）。より自由な思考、独立した創作、政治考察を求める多種多様な（徹底したものもあれば、部分的なものもある）「自発的」な試みがもたらした圧力の結果でしかなかった。「人びとの独立した生」が、長い時間をかけ、「自発的」に、人目につかず、現存の構造の中に入り込んでいく（通常、これらの構造の周縁やその許容された周囲で静かに制度化されていくのが始まりである）。つまり、漸次的に「社会が目覚める」プロセスであり、「隠れた領域」が徐々に開かれていくようなものである（生が目指すものを「反革命」と呼ぶ公的なプロパガンダが、チェコスロヴァキアの事例において、「徐々に侵攻する反革命」という表現を使うのは意味深い）。このような目覚めの刺激は、はっきりと画定できる社会環境としての「人びとの独立した生」からのみ生じるわけではない（もちろん、そこから生じることもあり、その期限は今なお十分に評価されていない）。多かれ少なかれ公的なイデオロギーに賛同する公的構造内の人びとが、潜在的な社会危機が深まったり、権力の真の性格やその振る舞いの苦い体験が続き、実際の現実と衝突するようになったからかもしれない（これに関して、私が念頭に置いているのは、「独善的ではない」改革派の共産主義者が相当数おり、数年のあいだに公的構造の中で形成されたのである）。あらゆる公的構造の外に位置し、ひとまとめで公認されている、「ディシデントの運動」時代から私たちが知っている独立したイニシアチブに顕著な「自己構造」には、条件もなければ、その根拠もない。ポスト全体主義体制は、当時のチェコスロヴァキアでは、今日のように、もう一つの「自己構造」を作るほど、静的で、透過性のない、安定したフォルムに固定されておらず、（歴史的、社会的な多くの理由から）より開放的であった。スターリン型の専制政治の体験に疲弊し、痛みを伴わない改革を手探りで試みた権力構造は、内側から腐りきってしまい、変化しつつある雰囲気に、もはや知的に対応することもできず、若い職員が理解するプロセス、公式と非公式という政治的には見渡せない境界にある「前-政治的」なレベルにある幾千もの正当な生の表現に応えることができなかった。

一般的な見解によれば、もう一つ重要で特徴的な環境がある。社会全体の動向は、一九六八年にピークに達したが、構造の改革、分化、差替えという従属的な変化より先には進まず、現実の構造的な変化には及ばなかった（それによって、このような変化の真の政治的な意味は矮小化されるべきではない）。ポスト全体主義体制の権力構造の核心には達することができず、現存する政治モデル、社会全体の手順の基本原則、経済的な力をすべて政治的権力の手に委ねる経済モデルには手をつけられなかった。つまり、直接的な権力装置の領域（軍隊、治安、司法など）においても、本質的なものは構造上何も変化しなかったのである。このようなレベルにおいて、雰囲気の変化、個人的な変化、政治的路線の変化、とりわけ権力実践の変化以上のものはできなかったのである。それ以上のものは議論や計画段階に留まっていた（この点に関して、現実の政治的な意味を有していたのは、おそらく公的に採択された二つのプログラムだろう。一九六八年四月のチェコスロヴァキア共産党の行動綱領と経済改革の提案である。前者は、矛盾を孕む、中途半端な——それ以外のものにはなりえなかった——もので、社会の権力の「物理的側面」には本質的に手を加えていない。後者は、経済の領域における生が目指すものをはるかに追求しているとはいえ（利益やイニシアチブの複数性、積極的な刺激、直接指示の制限など）、ポスト全体主義体制内の経済的な力の基本的な柱、つまり、社会ではなく、国家が生産手段を所有する原則には触れていない）。そこには、ポスト全体主義体制の空間においてこれまで超えたことのない裂け目がある（おそらく、例外は、ハンガリー動乱の数日間だけだろう）。

では、将来、発展が期待される他の選択肢があり得るのだろうか？　こういった問いかけに答えることは、憶測の領域に足を踏み込むことである。これまで、社会の潜在的な危機は、大なり小なり、政治的、社会的騒乱という形に帰着しており、今後、このような形で帰着しないと想定できる根拠はない（一九五三年のドイツ、一九五六年のハンガリー、ソ連、ポーランド、一九六八年のチェコスロヴァキア、ポーランド、一九七〇年、一九七六年のポーランド）[23]。これらの背景、経過、最終的な結果はそれぞれ異なっている。こういった騒乱をもたらした様々な要因の巨大な複合体、さらに、「隠れた領域」の動きに「光」が当てられ、様々な出来事が偶発的に重なること（「最後の一滴」の問題）が予測できない点を検討するとしよう。「ブロック」の統合と権力の拡張がますます深化する一方で、他方でロシア以外の地域で民族意識が目覚めた圧力を受けて、ソ連が崩壊するという展望があるという対立する傾向が衝突し、将来が見通せないことを検討に加えよう（この点について、世界的に進行する民族解放のプロセスからソ連は逃れることはできない）。そうした場合、長期の予測をすること自体が不可能であることを意識しなければならない。

いずれにせよ、「ディシデントの運動」の観点から、この種の憶測は、直接的な意味を有するものではない。この運動は、こういった計算から生まれるのではなく、そういった予測にもとづくことは本質的なアイデンティティの喪失を意味するだろう。

このような「ディシデントの運動」の展望に関してだが、将来的に、二つの孤立し、互いに影響を与えず、互いに関心を寄せない「都市《ポリス》」──主たるものと「並行」するもの──が永続的に共存する見込みはほとんどないように思われる。「真実の生」は、その性格を維持するならば、体制を脅かさずにはいられない。劇的な緊張がない状態で、「嘘の生」と共存することはありえない。ポスト全体主義体制──がその性格を維持し──、「独立した社会の生」──がその性格を維持するならば（新しくなった、全体に対する、全体の責任の場であり続けるならば）、――両者の関係は、潜在的か、人の目につくかを問わず、対立するものとなるだろう。

このような状況下、あり得るのは二つの可能性のみである。体制が今後も、「ポスト全体主義的」要素を発展させ（つまり、発展する能力がある）、オーウェル[24]の描いたような完全に操作される世界という恐ろしいヴィジョンに必然的に近づき、「真実の生」のあらゆる具体的な表現をすべて鎮圧するか。あるいは、「ディシデントの運動」を含む「人びとの独立した生」（「並行都市」）が、ゆっくりとしかし着実に、重要性を増す社会現象へと変わっていくか。現実の社会の緊張を顕著に反映し、どのようにであれ、一般的な状況にも影響を与えつつ、現実の一部として、社会の生活の中に顕著に浸透するか。もちろん、それは、いくつもある要因の一つとしてであり、他の要因との関連において、その背景にふさわしい方法で、背景にある他の要因に影響を与えていく。

公的構造の改革を目指すべきか、その分化を目指すべきか、新しい構造への差し替えを目指すべきか。体制を改良すべきか、それとも破壊すべきか。こういった類似の問いかけを（それが純粋に偽問題でなければ）、「ディシデントの運動」が提起できるのは、具体的な課題に直面した時のみ、具体的な状況という背景においてのみである。いわゆるその場に応じた、正当な生の必要性という具体的な考察にもとづかなければならない。このような問いかけに対して抽象的に答えたり、仮定の未来からある現実的な政治路線を定めることは、伝統的な手法の精神へ回帰することでしかなく、ディシデントの本質をなす、現実的な未来を目指すディシデントの活動を制限し、疎外するように私には思える。すでに強調したように、これらの運動の起点、その潜在的な政治的な力は、体制の変化を行なう点にあるのではなく、「ここと今」というより良い生を賭けた日々の現実の戦いの中にある。生が見出す政治や体制の構造の表現は、つねに――少なくとも長いあいだは――、制限され、中途半端で、満足いかないもので、弱体化させる戦術で汚れている。それ以外のものにはなることはできない。そのことを念頭に置き、気落ちしてはならない。真に重要なことは、人間が威厳とともに、自由に、そして真実とともに生を営なもうとする日常の、報われない、終わりのない戦いは、それ自体、決して制限を設けるものではなく、中途半端になることなく一貫して、政治の策略、思惑、思いつきに惑わされないことである。この戦いの純粋さは、ポスト全体主義体制との現実の相互作用のレベルにおいて、最善の結果を最良な形で保証するものである。

二十.

「普通」の政治が不在であり、重要な政治的変化をもたらす契機の展望が欠落しているといった点とともに、ポスト全体主義の特殊な状況には、ある一つ肯定的な点がある。自分たちの未来について考察する際、より深い文脈で自分たちの状況を検討し、私たちがその一部となっている、この世界のより長期的、地球規模で展望するという文脈において検討するように私たちに強いるからである。

私たちの関心は、必然的にもっとも本質的なものへと向けられる。つまり現代の技術文明全体としての危機、ハイデッガーが「技術の惑星的力に直面した人間の無力さ」と称した危機である。近代科学の子供、つまり近代形而上学の子供としての技術は、人間の手を離れ、人間に奉仕することをやめ、人間を奴隷化し、自己破壊する準備を私たちに担わせている。人間は出口を見出せずにいる。思想や信念もなく、その技術を人間の手に戻せるような政治的概念もない。人間が造った機械が冷たく動き、人間を呑み込み、ありとあらゆる自然の結びつきから（例えば、生物圏の故郷を含む、その語のもっとも多様な意味での故郷から）人間を切り離していく様子や、「自分であること」の経験から遠ざかり、「実存の世界」へ放り込まれる様子を、ただ手をあぐねて傍観している。この状況は様々な視点からすでに記述され、多くの人びと、社会集団が痛ましくもそれを体験して、出口を捜し求めている（例えば、東洋思想に傾倒したり、独自の共同体を作ろうとする西側の若者グループ）。「何かをする」という唯一の社会的、場合によって政治的試み――普遍性の要素（全体に対する責任、全体のための責任）を必然的に有している――は、技術の独裁に対してどのように技術的に抗うかという特殊な考えに限られたものであるが、それは今日ほとんど見込みがなく、混沌とする世界の中で環境運動の消えゆく声となっている。

「かろうじてただ神のようなものだけがわれわれを救うことができるのです」とハイデッガーは述べ、「別の思考」――つまり、数世紀に渡って哲学としてあったものとの別れ――、人間を、世界を、世界における人間の位置を捉える方法を根本的に変化させる必要性を強調する。ハイデッガーもまた出口を知らずに、唯一勧めるのは「期待の心構え」である[25]。

色々な思想家や運動が未知なる出口となるかもしれないと感じているものは、広範な「実存をめぐる革命」として、より一般的に特徴付けることができるだろう。私はこの方向性を共有し、出口は、「技術的な小細工」、つまり、単に哲学的、社会的、技術的、あるいは政治的でしかない何らかの変化や革命的の外的なプロジェクトの中に探し求めるべきではないという意見を共有する。これらは、「実存をめぐる革命」がその成果によって影響を及ぼすことができる、及ぼすに違いない領域である。だがそのもっとも特有な空間となりうるのは、そのもっとも深い意味での人間存在のみである。まさにここから、社会全体の倫理的――当然ながら政治的な――意味での再建が可能となる。

消費社会、産業社会（およびポスト産業社会）と呼ばれるものを、オルテガ・イ・ガセットは「大衆の反逆」[26]として理解したが、今日の世界の思想、倫理、政治、社会の貧困は、技術文明の地球規模の「自発的な動き《オートマティズム》」に振り回される今日の人間が直面する深遠な危機のいくつかの側面にすぎない。

ポスト共産主義体制は、近代的人間が「自分固有の状況の主人」になることができないことの一つの側面――とりわけその極端で、かつその真の起源を明らかにする側面――でしかない。この体制の「自発的な動き《オートマティズム》」は、技術文明の地球規模で見られる「自発的な動き《オートマティズム》」の極端な特殊事例にすぎない。それが映し出す人間の機能不全は、近代人間の全体に見られる機能不全の一つの変異体にすぎない。

人間の位置をめぐる惑星規模の危機は、我々の世界と同じく、西側でも進行している。異なるのは、別の社会形態、別の政治形態を有している点である。ハイデッガーは、はっきりと民主主義の危機を唱えている。西側の民主主義、つまり、伝統的な議会制民主主義が、我々よりも深遠な解決法をもたらしていることを示すものは現実には何もない。そればかりか、生が真に目指すものという点において、西側には我々の世界以上に多くの余地があり、危機は人間からより巧妙に隠れているため、人びとはより深い危機に直面している。

実際のところ、伝統的な議会制民主主義も、技術文明、産業社会、消費社会の「自発的な動き《オートマティズム》」に対する根本的な解決を提供していないように思われる。というのも、民主主義は技術文明、産業社会、消費社会に振り回されており、それらを前にして無力になっているからである。民主主義社会の人びとは、ポスト全体主義の社会で用いられる野蛮な手法よりもはるかに狡猾で洗練された形でたえず操られている。硬直し、概念的にゆるいものの、政治面では実務的な大衆政党のほとんど変化しない複合体は、プロの組織によって運営され、市民を具体的な個人の責任から解放してくれる。資本蓄積の複雑な構造は、隠れて操作され、拡張されていく。どこにでも見られる消費、生産、広告、消費文化の独裁、そして情報の洪水。すでに幾度となく分析され、記述されているように、これらのいずれも、人間性の回復にいたる展望のある道筋として見なすことはおそらく困難だろう。ソルジェニーツィンは、「ハーヴァード大学講演(27)」の中で、責任を伴わない自由が幻想であり、その結果、伝統的民主主義は慢性的に暴力や全体主義に対峙できないことを述べている。民主主義の人びとは、私たちが知らない個人の自由や確信を享受しているが、そのような自由や確信は結局のところ何の役にも立たない。というのも、その人もまた、「自発的な動き《オートマティズム》」の犠牲者であり、自身のアイデンティティを守ることも、疎外を防ぐことも、個人として生きることの関心事を超えて、「都市《ポリス》」の一員として責任や誇りを抱くことはできず、「都市《ポリス》」の運命創出に現実的に寄与することもできない。

より良いものを目指す変化をここまで検討してきたが、ここで気づくのは、伝統的民主主義のより深刻で、危機的な側面である。もちろん、ソ連ブロックのいくつかの国において、条件が整ったとしたら（それはあまり見込みがないものではあるが）、いくつかの大きな政党からなる伝統的な民主主義は、移行的な解決策としてはふさわしいものだろう。それは、破壊された市民の良心を再建し、民主主議的な議論の意義を新たなものにしたり、生が真に目指すものとして、重要な政治的複数性を結晶化させるための場を開いたりするだろう。だが、伝統的民主主義を政治的理想と見なし、この「実証済み」の形態だけが、人間に対して、威厳のある正当な立場を永遠に保証してくれるという幻想に身を委ねることは、私見によれば、きわめて近視眼的であろう。

政治的な関心を具体的な人間に向けることは、西側の（あるいは、お好みならば、ブルジョア的な）民主主義の通常のメカニズムを目指すことよりも、はるかに深遠なことだと思われる。一九六八年の段階で、支配的な政党の権力と競合できる野党をつくれば、私たちの問題は解決されると私は思っていた。だがその後時間が経ってから、それは容易ではなく、いかなる野党も、新しい選挙法もまた、新しい暴力の犠牲者にならないと保証することはできないと思うにいたった。組織の「そっけない」手順は、こういったものを保証することはなく、そこに、唯一私たちを守ってくれる神を見出すのはきわめて困難だろう。

二十一.

では、何をすべきかという問いかけを今こそ投げかけるべきだろう。

代わりとなる政治モデルを演繹的に用いることや、体制の改革や変化による救済という盲目的な信頼に対して懐疑心を抱くことは、政治的な考察に対して懐疑心を抱くことを意味しない。具体的な人間への政治の転換を強調しても、それによって生じうる構造的結果について考察する権利を私から奪うことにはならない。それは逆である。もしAが言及されたら、Bもまた言及されなければならない。

とはいえ、一般的なコメントをいくつか述べるに留めておく。

「実存をめぐる革命」という展望は、その結果についても、とりわけ、社会の倫理的な再建という展望であり、それは、私が「人間の秩序」と名付けたものへの人間の正当な関係を根本から刷新することを意味する（「人間の秩序」は政治的な秩序が決して代わることのできないものである）。自分であることの新しい経験。全世界に新しく根を下ろすこと。新たに捉えられた「高次の責任」。他者、そして人間の共同体に対して親密な関係を再び見出すこと。これらが、明らかに進むべき方向性である。

政治的成果はどのようなものか。

それは政治的諸関係や保証といった形式化ではなく、新しい「精神」、つまり「人間的な内実」を起点とする構造の制度化から生まれうるだろう。つまり、信頼、寛容さ、責任、連帯、愛といった諸価値を回復することである。私が信じる構造とは、権力の行使という「技術」的側面ではなく、行使の「意味」を目指している。「外へ」出たい野心に共有されたものではなく、あるコミュニティは意義深いという共通の感情が共有された構造である。構造は、開かれ、ダイナミックで、小さいものとなることができ、そうあるべきだろう。個人の信頼、個人の責任といった「人間らしい結びつき」は、一定の境界を超えると機能しなくなる（それについては、ゴールドスミス[28]が触れている）。それは、他の構造が生まれるのを妨げないものでなければならない。権力のいかなる蓄積も（それは「自発的な動き《オートマティズム》」の表現の一つである）、根本的に異質であらなければならない。機関や制度としての構造ではなく、共同体としての構造である。長年空洞化した伝統（昔からある大衆政党など）にその権利に依拠する構造であってはいけない。ある状況へ具体的に関わる構造でなければならない。形式化した組織の静的なまとまりよりも、具体的な目的のために熱狂して、その場で生じ、その達成とともにまた消えていく組織の方がいいだろう。指導者たちの権利は、その人格から生じるべきであって、その人物は周囲の人びとによって確認されるべきであって、単なる特権的な階級によるべきではないだろう。人間としての大きな信頼を有し、それにもとづいて大きな権力を有すべきだろう。それが、信頼よりも相互不信に、責任よりも集団的な無責任にしばしばもとづく、古典的かつ伝統的な民主主義組織から脱する唯一の道だろう。唯一、ここ――コミュニティの一人一人が無制限の責任を担うこの場――で、「徐々に進む全体主義」に対する永遠の防壁をつくることができるだろう。この構造は正当な社会の「自己組織化」の成果として「下から」生まれるべきであり、具体的に生まれる現実の必要性との生々しい対話によって生まれるべきであり、その必要性がなくなればその構造もなくなるべきであろう。内部組織の原則は、最低限の外的な規則しかない、多様なものとなるべきだろう。「自己‐制度化」の決定的基準は、構造の差し迫った意義であって、単なる規範ではない。

政治の生、および経済の生もまた、差し迫った意義によって存在し、人間の関係によって構築される、出現したり、消えたりするダイナミックな組織の多様で可変的な協力に依拠すべきである。経済の生に関していえば、私が信じるのは、自己管理の原則である。それはおそらく、社会主義の理論家たちが夢見たもの、つまり労働者が経済決定にほんとうに(形式的ではなく)参加でき、共同の作業の結果に対して真の責任を感じることができる唯一のものだろう。制御と規律の原則は、自発的な人間らしい自己制御と自己規律によって排除されるべきだろう。

「実存をめぐる革命」の体制の結果をこのように考えると、全般的な素描からも明らかなように、既存の議会制民主主義の枠組みを超える。これは、今日、成熟した西側諸国で根付いているものの、つねにある程度機能不全に陥っている。この論考を進める必要から「ポスト全体主義体制」という概念を用いたが、今触れた事柄を――単に一時的にだが――「ポスト民主主義体制」に対する展望とも呼べるだろう。

この概念をさらに発展させることもできるだろうが、それは、ややばかげたことでもあろう。というのも、問題全体から、徐々にそして確実に離れていくからだ。このような「ポスト民主主義」の本質は、行為を通じて《ヴィア・ファクティ》、生から、その新しい雰囲気、新しい「精神」から生じる点である（政治的な考察への参加として——もちろん、生の担い手としてであって、生の指揮者としてではない）。しかし、新しい「精神」が不在であるというのに、人間がその具体的な外観も知らないというのに、その「精神」の構造的な表現を具現化することはおこがましいというものだろう。

二十二

自分が傲慢になっているのではないかと幾度となく感じるので、前節は、個人的な考察のテーマとして留めておくことにする。以下は、問いかけの形のみで記したい。

「ポスト民主主義」の構造のヴィジョンは、いくつかの要素において、私たちの近くにいて知っているような、グループや独立した市民のイニシアチブによる「ディシデント」のヴィジョンを想起させるものではないか？　このような――幾千もの共通する苦しみを共有する――小さな共同体から、先に触れた「人間的に意味のある」政治関係、結びつきは、生まれてこないだろうか？　現実の直接的な成功を当てにせず、自分の仕事には深い意味があるはずという共通の感情を抱いている共同体と共同体（もはや組織というより共同体というべきもの）を結びつけるのは、形式化し儀式的な関係が、連帯や同胞という感覚に変わる雰囲気なのではないか？　このような共通の障壁がありながらも、個人の信頼にもとづく、形式ばらない個人の力という「ポスト民主主義」の関係が生まれるのではないか？　空洞化した伝統という重荷を背負っていない、具体的で、正当な必要性の圧力を受けて、これらのグループは生まれ、生き、消滅するのではないか？　無関心な社会の真っ只中での、「真実の生」を表現し、「高次の責任」という感情を一新しようとするかれらの試みは、倫理の再建が始まっている兆候なのではないか？

換言すれば、このような形式ばらない、官僚的でない、ダイナミックで、開かれた共同体——つまり、「並行都市《パラレル・ポリス》」——は、より良い社会の基礎となりうる意義のある「ポスト民主主義」の政治構造の基本的な原型、象徴的なモデルなのではないだろうか？

幾千もの個人的な体験からわかっているのは、それまで面識のない人たち、顔しか知らなかった人たちが、憲章七七に共に署名したというだけで、深く開かれた関係を築くことができ、意義深い集団という強い感情を突然抱くことができるということである。それは、無関心な公式構造の中で長期にわたって共に働いていたとしても、稀にしかない。課題を共通に受け止め、経験を共有するという意識が、人びとと、人びとが暮らす雰囲気を一変させ、かれらの公的な仕事に、ある貴重なより人間的な次元がもたらされたかのようであった。

もしかしたら、それはすべて、共有された脅威の産物かもしれない。この脅威が終わったり弱まったなら、それが生まれるきっかけをつくった雰囲気も消えるかもしれない（脅威を与えるものたちの目的は正反対のものである。人間は、つねにショックを与えられている。脅威を感じる社会の中では、あらゆる人間の関係は様々な卑しい手段によって濁らされるように、エネルギーが投資されている）。

もしそうであったとしても、私が提起した問題は変わらない。

衰弱している世界から脱する出口がどこにあるかわからない。私たちが行なっている些細なことの中に、何か根本的な起点が見出だせると想定し、自分たちのことを、自分の共同体のことを、自分の生活を解決する手立てを、意味のある唯一のものとして他の人に提示するのは、許されない傲慢というものだろう。

だが、ポスト全体主義の状況、このような状況下で、人間とそのアイデンティティを守るべく発展した立場や内的な構成をめぐるこれまでの考察を背景にしてみると、私が問いかけた疑問がふさわしいものであるように思われる。それは、自分個人の経験を具体的に考える刺激に他ならず、この経験の何らかの要素は——それ自体が意識せずに——、どこか遠くを、境界の先を示していないかと考えたり、私たちの日常生活を営むことという場所で、解読され、理解される瞬間を静かに待っているある訴えかけがあるのではないのだろうかと考える刺激に他ならない。

つまり、「明るい未来」は、じっさい、そしてつねに、遠い「あそこ」のことでしかないのだろうかという問いかけである。もしそれが正反対で、すでに昔からここにあり、ただ私たちが盲目で弱いがために自分たちの周囲、自分たちの内部を見たり発展させることができないだけであればどうなのだろうか?

フラーデチェク、一九七八年十月。

訳註

（1）ヤン・パトチカ（一九〇七－一九七七）。チェコの哲学者。フッサール、ハイデッガーに師事する。憲章七七にはスポークスマンとして関わったが、取り調べ中に心臓発作を起こし、死去。主著に『歴史哲学についての異端的論考』（石川達夫訳、みすず書房、二〇〇七年）。

（2）グスタフ・フサーク（一九一三－一九九一）。ドゥプチェクが退任した一九六九年にチェコスロヴァキア共産党の第一書記となり、「正常化」を推進した。一九七五年から一九八九年まで大統領を務める。

（3）ヴワディスワフ・ゴムウカ（一九〇五－一九八二）。ポーランドの政治家。第二次大戦後に統一労働者党を結成。一九五六年のポズナン暴動後、党第一書記に選出され、一九七〇年まで同職に留まる。

（4）アレクサンデル・ドゥプチェク（一九二一－一九九二）。チェコスロヴァキアの政治家。六八年一月、党第一書記に選出され、「プラハの春」と呼ばれる自由化運動を主導。同年八月、ワルシャワ条約機構軍の軍事介入により、妥協を余儀なくされ、翌年に第一書記を辞任する。

（5）憲章七七が発表されたのち、共産党が主導して展開された憲章七七を否定するキャンペーン。

（6）アレクサンドル・ソルジェニーツィン（一九一八－二〇〇八）。旧ソ連の作家。体制を批判する作品を書き、一九七四年、国外追放となる。代表作に『イワン・デニーソビッチの一日』『収容所群島』など。

（7）一九七六年春以降、ミュージシャンが逮捕される事例が続き、同年九月、治安紊乱《びんらん》罪の容疑でイヴァン・イロウスらの裁判が行なわれた。

（8）ペトル・ピットハルト（一九四一－）のこと。元々は共産党員だったが、六八年に党籍を剥奪される。その後、地下出版の活動に積極的に従事。本書の刊行時はJ・スラーデチェクという偽名を用いている。ビロード革命後は、政治家として上院議長などを務める。

（9）一九七六年に設立されたポーランドの反体制派の知識人の組織。弾圧された労働者の法廷闘争や生活支援を行なったりした。

（10）トマーシュ・ガリッグ・マサリク（一八五〇－一九三七）。哲学者、政治家。プラハ大学教授、オーストリア帝国議員を経て、チェコスロヴァキア共和国第一代大統領となる。

（11）アレクザンダー・フォン・バッハ（一八一三－一八九三）。ウィーン十月革命後にオーストリア帝国の内相となり、地方自治の制限など絶対主義の回復に務めた。

（12）カレル・ハヴリーチェク・ボロフスキー（一八二一－一八五六）。チェコのジャーナリスト、作家、政治家。チェコ語の新聞『ナーロドニー・リスティ』の記者、オーストリア帝国議会議員として、チェコの自由主義を牽引した。バッハ体制を非難したため、一八五一－一八五五年、南チロルのブリクセン（現ブレッサノーネ）に幽閉された。

（13）ロシア語で「自主出版」の意。基本的には、公的に刊行する可能性が断たれた作家らが著作を地下出版などで刊行することを指す。

（14）一九七五年にポーランドで設立された「労働者擁護委員会」はのちに「社会擁護委員会」と名称を変え、より広範な人びとを対象にした。一九七六年に設立された「モスクワ・ヘルシンキ・グループ」は人権抑圧の監視にあたった。

（15）一九五六年、ハンガリーで起こった共産党政権の恐怖政治に対する市民の蜂起。いわゆる「ハンガリー動乱」。ソ連軍は二度にわたって軍事介入を行ない、事態を沈静化。暴動により数千人が死亡、約二十万人が亡命したとされる。

（16）英、仏、独、伊の首脳会談により、チェコスロヴァキアのズデーテン地方をナチス・ドイツに割譲することを決めたミュンヘン会談（一九三八）のことが念頭に置かれている。

（17）チェコの作家ヤロスラフ・ハシェク（一八八三－一九二三）による代表作『兵士シュヴェイクの冒険』（一九二一－一九二三）の主人公。第一次世界大戦へ進んで従軍することを希望し、愚直な態度で官僚的な軍隊や戦争そのものの欺瞞さを滑稽に暴いていく。
(18) ヴァーツラフ・ベンダ(一九四六―一九九九)。哲学者、カトリックの信者として「憲章七七」の運動に積極的に参加。一九七八年、「並行都市」(Paralelní polis)という小文を発表し、文化面などで顕著な「もう一つの文化」を他の領域でも展開すべきだと説いた。
(19) イヴァン・イロウス(一九四四―二〇一一)。詩人、作家。ザ・プラスチック・ピープル・オブ・ジ・ユニヴァースの芸術監督兼マネージャー。チェコのアンダーグラウンド活動の精神的支柱として活躍した。
(20) 党主導による反憲章のキャンペーンで新聞に掲載された記事のタイトル。
(21) ポーランド分割時代から行なわれた地下教育組織。社会主義体制下では、一九五七年にワルシャワで組織されたのち、一九七七年に「新・空飛ぶ大学」が組織され、多くのディシデントの教育者が関係した。
(22) 「政治参加する非党員のクラブ」(Klub angažovaných nestraníků)、「元政治囚のクラブ」(K231)。ともに一九六八年に設立された。
(23) 一九五三年の「東ベルリン暴動」、一九五六年の「ハンガリー動乱」、ソ連共産党第二〇回大会でのスターリン批判、「ポズナン騒動」、一九六八年の「チェコ事件」、ポーランドの「三月事件」、一九七六年のポーランドでの食料品値上げに反対する労働者の抗議運動がそれぞれ念頭に置かれている。
(24) ジョージ・オーウェル(一九〇三―一九五〇)。イギリスの作家。『一九八四』(一九四九)のなかで、全体主義的な管理社会の様子を描いた。
(25) ハイデッガー「シュピーゲル対談」(一九六六)からの一節(『形而上学入門』川原栄峰訳、平凡社ライブラリー、一九九四年、三八九頁)。
(26) スペインの思想家ホセ・オルテガ・イ・ガセット(一八八三―一九五五)が一九三〇年に刊行した著作。
(27) ソルジェニーツィンが一九七八年、ハーヴァード大学で行なった講演。
(28) エドワード・ゴールドスミス(一九二八―二〇〇九)。フランス生まれの哲学者、作家。英国で雑誌『エコロジスト』を創刊。

［資料］憲章七七

一九七六年十月十三日、チェコスロヴァキア社会主義共和国法令集（第一二〇号）において、「市民的及び政治的権利に関する国際規約」（以下、第一規約）と「経済的、社会的、文化的権利に関する国際規約」（以下、第二規約）が公表された。両規約は、一九六八年に我が共和国の名前で署名され、一九七五年にヘルシンキで批准され、一九七六年三月二十三日に我が国で効力を発したものである。それ以降、我が国の市民はそのような権利を有し、国家はそれに従う義務を有する。

これらの規約が保障する自由と権利は、歴史上、多くの進歩的な人びとが努力を注いできた重要な文化価値であり、これらの法制化は我が社会の人道的な発展に大いに寄与するものである。したがって、チェコスロヴァキア社会主義共和国がこれらの規約に加盟したことを私たちは大いに歓迎する。

しかし、これらが公表されたことで、いくつもの基本的な市民権が我が国において、目下のところ――残念なことに――、紙上に留まっていることを私たちに直ちに想起させる。

例えば、第一規約第十九条で保障されている表現の自由に関する権利は実体のないものとなっている。

何万という我が国の市民は、公的な見解とは異なる意見を有しているがために、専門とする職場で働くことができない。同時に官公庁や社会組織からありとあらゆる種類の差別や嫌がらせを受けている。自己防衛する可能性も奪われ、実質的に隔離政策の犠牲者となっている。

何十万もの市民は「恐怖からの自由」(第一規約前文)が否定されている。自身の見解を表明すれば、仕事や他の可能性を失ってしまうのではないかと絶えず危険な状況で暮らすことを余儀なくされているからである。

教育を受けるあらゆる権利を保障する第二規約第十三条に違反して、自身の意見のせいだけではなく、両親の意見のせいで、多くの若者たちは教育を受ける権利を奪われている。自身の信念を表明しようものなら、自らが、あるいは子どもたちが教育を受ける権利を奪われるかもしれないと、無数の市民は恐怖に怯えて暮らしている。

「口頭、手書き若しくは印刷」、「芸術の形態」により「国境とのかかわりなく、あらゆる種類の情報及び考えを求め、受け及び伝える」権利(第一規約第十九条第二項)は、法廷の外だけではなく、法廷内においても迫害されており、しばしば犯罪の濡れ衣を着せられている(現在係争中の若いミュージシャンの裁判がこのことをよく示している)。

公けの表現の自由は、すべての報道機関、出版および文化施設が中央に管理され、抑圧されている。政治的、哲学的、学術的意見、あるいは芸術表現は公式のイデオロギーや美学の狭い枠組みから少しでも外れると、公表できない。危機的な社会現象を公に批判することは不可能である。公的なプロパガンダの真実味に乏しい、侮辱的な非難を公に防ぐ可能性はない（第一規定第十七条で明確に保障されている「名誉及び信用」への攻撃に対する法律の保護は実際には存在しない）。虚偽の告発は否定することが叶わず、法廷で修正や訂正を求める試みはすべて無駄である。精神的、文化的創作の領域での開かれた議論は論外である。学術研究、文化に携わる者及び他の市民の多くは、現政権が否定する見解を、何年か前に合法的に発表したり、公に表明したというだけの理由で差別を受けている。

第一規約第十八条で明確に保障されている宗教の自由は、恣意的な権力によって一貫して制限されている。聖職者は、国家によって認められた任務の遂行が否定されたり、許可が取り消されるのではないかと常に脅威を感じているため、その活動が制約を受けている。言葉や行為によって宗教の信条を表明する人物は生活やその他の面で妨害され、宗教教育は抑圧されている。

一連の市民権を制限し、しばしば完全に抑圧する装置となっているのは、あらゆる機関及び組織が、支配政党の政治機関による政治的指令、そして影響力を有する個々人が下した決定に事実上従属しているシステムである。チェコスロヴァキア社会主義共和国の憲法及び他の法律、法的規範は、このような決定の内容や形式、創出や適用に関わっていない。これらの決定の大半は背景にとどまり、しばしば口頭で発せられ、市民がほとんど知ることなく、また確認することもできない。これらの決定を作成した者たちは、自分自身とヒエラルキーのみに責任を負うものの、その命令は法よりも優先されるため、国家行政の立法機関及び執行機関、司法、労働組合、利益団体、その他の社会組織、その他の政党、企業、工場、研究所、官庁、教育機関、その他の施設の活動に決定的な影響を及ぼす。団体あるいは市民の権利や義務の解釈がそのような指令と対立した場合、公正な裁定機関に訴えることもできない。そのような機関が存在しないからである。これにより、第一規約第二十一条、第二十二条（集会の権利とその権利の行使の制限の禁止）、第二十五条（政治に参与する同等の権利）、第二十六条（法律の前での差別の禁止）に基づく権利が深刻な制限を受けている。このような状態により、労働者、そのほかの勤労者が、自身の経済的、社会的利害のために労働組合やその他の組織を制約を受けずに結成したり、ストライキ権（第二規約第八条第一項）を自由に行使することができない。

「その私生活、家族、住居若しくは通信に対して恣意的に若しくは不法に干渉され又は名誉及び信用を不法に攻撃されない」権利（第一規約第十七条）の禁止を含む、他の市民権も、電話や住宅の盗聴、郵便物の検閲、個人の監視、家宅捜索、（しばしば許されない脅迫、あるいは逆に見返りの約束で得られた）密告者ネットワークの構築など、ありとあらゆる手段で内務省が市民生活を管理しているため、著しく侵害されている。その際、内務省はしばしば雇用者の決定に介入し、官庁や組織の差別行為を誘引し、司法機関に影響を与え、報道機関のプロパガンダキャンペーンも指示する。このような活動は、法律によって定められたものではなく、秘密裏に行われるため、市民はこれに対して防御することができない。

政治的な理由による刑事訴追の場合、捜査機関、司法機関は、第一規約第十四条及びチェコスロヴァキアの法律で保障されている被疑者の権利及び弁護人を持つ権利を侵害している。刑務所では、このような罪で有罪となった人々に対して、拘留者の人間としての威厳を損ない、健康を脅かし、精神をくじくような方法で処遇している。

第一規約第十二条第二項「すべての者は、いずれの国（自国を含む）からも自由に離れることができる」についても、「国の安全を保護」（第三項）するという口実のもと、概して侵害されている。外国籍保有者が入国査証を申請する際にも恣意的な運用がなされ、我が国で差別を受けている人物と職業上の付き合いがあるか、友人であるというだけの理由で、チェコスロヴァキア社会主義共和国を訪問することのできないものが多くいる。

市民の中には、個人で、あるいは職場や公の場で（それが可能になるのは国外の報道機関だけである）、人権及び民主主義の自由が一貫して侵害されていると訴え、具体的な事例を通して是正を求める者がいる。だが、多くの場合、かれらの声には反響がないか、取り調べの対象となる。

国内における市民権遵守の責任を担うのは、当然ながら、とりわけ政治、国家権力である。だがそれだけではない。誰もが、一般的な状況下で責任の一端を担っている。政府のみならず、あらゆる市民に関係する法制化された規約の遵守についても同様である。

この共同責任という意識、市民参加の意義に対する信頼及びその意思、そしてその責任の新しい、効果的な表現をともに探求する必要性を感じ、私たちは「憲章七七」の結成を考え、本日、その誕生を公表する。

「憲章七七」は、我が国及び世界における市民権及び人権を個人及び集団で尊重しようとする意志で結ばれた様々な信念、様々な信条、様々な職業の人々による自由で、形を持たない、開かれた共同体である。これらの諸権利は、法制化された二つの国際規約、ヘルシンキ会議の最終宣言、さらに戦争、暴力、社会的及び精神的弾圧に反対するその他の国際的文書が承認し、国連の人権宣言で包括的に表明されている。

「憲章七七」は、過去においても現在においても自身の生と仕事を理想に結びつけ、その理想の命運をともに気にかける連帯と友情を背景にして成長している。

「憲章七七」は組織ではなく、規約も、常設機関もなく、組織として定める成員もいない。この考えに賛同する者は誰でも加わることができ、「憲章七七」の活動に参加し、支援することができる。

「憲章七七」は、敵対する政治勢力の基盤ではない。西側や東側の様々な国々に見られる類似する市民組織と同様に、一般的な利益に奉仕する。そのため、政治や社会の改革や変化を訴える独自の綱領を策定することはないが、その活動の範囲で、政治、国家権力と建設的な対話を行ない、人権や市民権を侵害する具体的な事例に注意を促したり、証拠書類を準備したり、解決を提案したり、これらの権利と保障の徹底を目指すより一般的な提案を行ない、不正を招きうる係争状態が生じた場合は仲介者として活動する。

「憲章七七」は、その象徴的な名称を通して、政治犯の権利の年として宣言され、ヘルシンキ宣言の履行を調査するベオグラード会議が開催される年の初頭に誕生したことを強調する。私たちは、この声明の署名者として、ヤン・パトチカ教授、ヴァーツラフ・ハヴェル、イジー・ハーイェク教授に「憲章七七」のスポークスマンの役割を委託する。スポークスマンは、国家やその他の機関に対して、全権をもって本憲章を代表し、国内及び世界の公衆に対しても、自身の署名を通して、本声明の正当性を保証する。必要な交渉に参加し、任務の一部を担い、すべての責任をかれらと分かち合う協力者を私たち、そしてこれから参加する市民の中に見出すだろう。
「憲章七七」が、チェコスロヴァキアのすべての市民が自由な人間として労働をし、生活を営むことに寄与するものになると、私たちは信じている。

第一期二百四十二名の署名
一九七七年一月一日

解説

フェルディナント・ヴァニェクの誕生日

社会主義のチェコスロヴァキアで新聞と言えば、『ルデー・プラーヴォ』である。共産党の機関紙であった同紙は圧倒的な部数を誇り、国内の公的な言論空間の中心を担っていた。紙面には党の意向を反映した予定調和の記事ばかりが掲載されるのが普通だったが、一九八九年十月七日の土曜版は少しだけ趣が変わっていた。クロスワードや読み物など娯楽的要素もあった土曜版には、読者からのメッセージ欄もあった。当然ながら、すべて当局の検閲をパスしたものだけが掲載されていたが、その日、勘の鋭い読者は「あっ」と声をあげたに違いない。誕生日や結婚を祝う数々のメッセージに紛れて、次のような文面が掲載されていたからである。

一九八九年十月五日、マリー・フラーデクのフェルディナント・ヴァニェクは誕生日を迎えた。彼がこれまで重ねてきた、そして今尚続けているたゆまぬ努力に感謝するとともに、これからも健康で、職務上の成功を祈っている。同僚、友人より。整理番号41329-C。

一読すると、何とはない文章に思えるだろう。だが「フェルディナント・ヴァニェク」とは、ヴァーツラフ・ハヴェルの代表的な戯曲『面接（Audience）』の主人公の名前であり、そればかりか、この文面とともに著者ハヴェルの写真も掲載されていたのである。戯曲は公表されていなかったとはいえ、地下出版などを通して、親しんでいる読者は少なからずおり、それにも増して、同年一月、懲役九ヶ月の判決が下されたばかりの「反体制派」作家の誕生日を祝う記事が全国紙に掲載されることはあってはならないことだった。おそらく担当者は、戯曲の主人公の名前そしてハヴェル本人の顔は知らなかったのだろう。「ヴァニェク」の記事が出たという噂はあっという間に広がり、その日、『ルデー・プラーヴォ』は各所で売り切れが続出したという。

この出来事から三ヶ月と経たないうちに、「ヴァニェク」の生みの親は一国の大統領となる。一九八九年十一月十七日、プラハの国民通りで学生が警官隊と衝突したのち、「市民フォーラム」が結成され、十二月二十九日、ヴァーツラフ・ハヴェルがチェコスロヴァキア大統領に任命される。不条理演劇の作家が大統領になる展開に世界中の人びとが注目した。改めて指摘するまでもないが、ヴァーツラフ・ハヴェルには、戯曲家としての顔と大統領としての顔がある。この二つの側面はしばしば個別に論じられ、まったく異質のものと受け止められることが多い。だが、かれの戯曲や視覚詩、公開書簡、エッセイ、獄中から妻オルガに宛てた手紙、大統領としての公式スピーチの数々を繙いてみると、ある共通点に気づく。それは、「言葉」に対する執拗なまでの関心である。戯曲においても、大統領のスピーチにおいても、ハヴェルはみずからが用いる言葉の一つ一つに細心の注意を払い、疑問を投げかける。この言葉は何を意味し、何を意味しないのか、と。ハヴェルにしてみれば、言葉を用いるという点において、文学と政治のあいだに境界はないということなのかもしれない。

このようなハヴェルの姿勢がもっとも端的に現れているのが、かれの文筆活動の結節点に位置するエッセイ「力なき者たちの力」である。一九七八年十月、別荘のあるフラーデチェクで執筆されたこの文章はおよそ二万四千語からなり、戯曲を除くと、ハヴェルが発表した文章の中では最も長いものである。権力のあり様を分析し、「真実の生」の意義を説いたこのエッセイは、冷戦体制下の東欧で広く読まれた文章のひとつであるだけでなく、アラビア語訳（二〇一二年）など、近年でも翻訳が相次いで刊行されているほか、歴史家ティモシー・スナイダーが近著『暴政』でこのエッセイについて度々言及するなど、今なおその影響力はとどまることを知らない。管理社会、監視社会といった点で共産主義の東欧は、今日の社会を先取りしていたかのようでもあり、そのようなシステムを分析した本書は今なお私たちに多くの問いを投げかけている。以下では、ハヴェルの略歴をたどりながら、「力なき者たちの力」が成立するまでの過程とこの文章の射程を検討していきたい。

「ブルジョア出身」の不条理劇作家

プラハの中心部ヴァーツラフ広場の中腹に、ルツェルナ宮殿という建物がある。プラハ初の鉄筋建築であり、映画館、ダンスホール、レストラン、ショップからなるプラハを代表する複合施設である。パサージュを抜けて、二階にある映画館に向かって階段を上ると、踊り場にはこの建物を建設した男性の胸像が置かれている。戯曲家ハヴェルの祖父ヴァーツラフ・ハヴェル（一八六一－一九二一）である。貧しい環境の出自だったが、祖父ハヴェルはその勤勉な性格により、プラハを代表する名家となる財産を一代で築く。その息子ヴァーツラフ・マリア・ハヴェル（一八九七－一九七九）もバランドフに機能主義的建築を作ったり、初代大統領マサリクとともにＹＭＣＡを設立するなど、起業家として才覚を表す。このようなきわめて裕福な環境の中、一九三六年十月五日、プラハで生をうけたのが、のちの戯曲家ヴァーツラフ・ハヴェルである（なお、三代にわたって用いられているのは、ボヘミアの守護聖人ヴァーツラフの名前でもある）。また叔父ミロシュ（一八九九－一九六八）は、バランドフ映画撮影所を設立し、「映画王」とも称されるチェコスロヴァキア映画の草創期を立ち上げた重要人物の一人であった。

一九三九年、チェコスロヴァキアという国家は消滅し、ドイツのボヘミア・モラヴィア保護領となるが、ハヴェル一家は、ボヘミアとモラヴィアの境界に位置するハヴロフに引越したため、牧歌的な環境で日々を過ごしたという。戦後も、叔父ミロシュのバランドフ撮影所が国有化されるなど変化はあったが、一九四七年からハヴェル本人はポジェブラディの学校に通い始める。これは優秀な子女が通うエリート学校であり、ハヴェルの一学年上にはのちに映画監督となるミロシュ・フォルマン（一九三二―二〇一八）もいた。このような環境が一変するのは、一九四八年の二月事件である。共産党による実質的な一党独裁が始まり、ハヴェルの通っていた学校は閉鎖され、プラハの家族の許に戻ることになる。だが「ブルジョア出身」という来歴を有するハヴェルは一般の学校への就学が認められず、労働者として化学実験室の見習いとして勤務しながら、夜間学校に通うことになる。幸いにも、その学校には同じ様な境遇の仲間がおり、哲学や音楽などの話を通して、公式の文化とは異なる「もう一つの文化」の可能性をともに模索する機会となった。その後、人文系の学部への進学を希望するもブルジョア的出自を理由に認められず、チェコ技術大学経済学部に入学する。さらに芸術アカデミーへの転学を申請するもまたもや許可されず、そればかりか技術大学の進級も認められず、大学から放校処分を受ける。

二年間の兵役を終え、仕事に就くにあたってハヴェルが希望したのは、映画の業界だった。叔父ミロシュから多大な影響を受けていたからである。だが希望の職種には縁がなく、最終的には父の仲介を経て、劇場の裏方の仕事につく。それは、第一共和国の文化を代表する「解放劇場」を牽引した俳優ヤン・ヴェリフ（一九〇五―一九八〇）を擁するＡＢＣ劇場だった。一九五九年、ハヴェルはヴェリフの最後のシーズンを毎日目にすることとなる。この時の体験をハヴェルはのちにこう語っている。

ここで私が把握し、毎日「内側から」見てとることができたのは、劇場が、たんに芝居を上演するための企業、あるいは戯曲、演出家、役者、切符売り、ホール、観客等の機械的なよせ集めではなく、なにかもっと大きなもの、生きている精神の焦点、社会的自己認識の場所、時代の力線の交点やその振動計、自由の空間や人間解放の道具になりうるものであること、ひとつひとつの上演が、生命を有してくりかえしのきかぬ、その意義において最初の一瞥でそれと見えるよりもはるかに遠くに波及する社会的事件になりうるのだということでした(1)。

ハヴェルが「劇場」と「社会」の連続性を感じ取っている点は大変示唆的である。劇場に足を踏み入れたときから、「文学」や「演劇」という枠組みではなく、より広い文脈で「戯曲」を捉えていたことを示しているからである。一九六〇年にプラハの小劇場「欄干劇場《ナ・ザーブラドリー》」に移ると、戯曲執筆にも本格的に取り掛かり、一九六三年には自身初めての戯曲『ガーデン・パーティ(2)』が初演され、国内外で高い評価を受ける。ある役所のガーデン・パーティを訪れた青年フゴ・プルデックは、官僚的な言葉が飛び交う環境で徐々に本来の目的を失い、自らも儀礼的な言葉の使い手となっていく。チェコの「不条理演劇」の代表作として知られるこの作品の中核をなしているのは、「儀式化した言葉」であり、その言葉に呑まれ、アイデンティティを失っていく人間の姿である。言葉への関心は、一九六五年に発表された戯曲『通達（Vyrozumění）』でも引き継がれている。ある役所で、きわめて合理的な文法と豊富な語彙を有する科学的な人工言語「プティデペ（Ptydepe）」が開発され、所長のグロスが不在中にありとあらゆる事務作業がこの言語を通して行なわれることになっていた。まったく言葉が通じない状況に困惑するが、じきにさらに優れた新しい言語が導入され、翻訳の必要が生じ、そのためには様々な許可が必要となる。

バラーシュ　どうして、マシャートは翻訳しないんだ?
マシャート　翻訳するのはクンツの許可が出たときだけだ。
バラーシュ　なら、クンツは許可を出すべきだろう。
クンツ　できない、だって資料を持っているのはヘレナだから。
バラーシュ　聞いたか、ヘレナ?　資料を渡さないとだめだろ。
ヘレナ　だって、翻訳しちゃだめなんですよ。
バラーシュ　なら、どうして、マシャートは翻訳しないんだ。
マシャート　翻訳するのはクンツの許可が出たときだけだ。
バラーシュ　なら、クンツは許可を出すべきだろう。
クンツ　できない、だって資料を持っているのはヘレナだから。
バラーシュ　聞いたか、ヘレナ?　資料を渡さないとだめだろ。
ヘレナ　だって、翻訳しちゃだめなんですよ。
バラーシュ　なら、どうして、マシャートは翻訳しないんだ。
マシャート　翻訳するのはクンツの許可が出たときだけだ。
バラーシュ　なら、クンツは許可を出すべきだろう。

クンツ　できない、だって資料を持っているのはヘレナだから。
バラーシュ　聞いたか、ヘレナ？　資料を渡さないとだめだろ。
ヘレナ　だって、翻訳しちゃだめなんですよ。
バラーシュ　まったく、こんな魔法の円環を考え出したのは誰なんだ！(3)

ハヴェルの評伝の著者ジャントフスキーは、この戯曲でハヴェルは初めて「悪への受動的な関与」(4)を扱ったと述べているように、官僚的なシステムの機能不全だけではなく、自分の業務しか関与しようとしない個人の姿勢にも問いを投げかけるものとなっている。そして同時期、ハヴェル自身も劇場の外の世界との関わりを持つ出来事が起きる。同年三月、文学雑誌『トヴァーシュ』が廃刊されたことに反対し、請願書を出すなど、初めて政治的活動に関わったのである。当局は、編集長の解任、編集員の交換を要求するも、ハヴェルらは拒否して、独自の編集を貫こうとする。のちのアンダーグラウンドや「並行文化」の考えにも連なるものがこの時芽生えたのである。一九六七年の第四回チェコスロヴァキア作家会議でも検閲を批判し、「真実の生」を追求する姿勢をみずから実践していく。一九六八年、「人間の顔をした社会主義」というスローガンのもと、「プラハの春」という文化開放路線が党主導で進められる。ハヴェルはアメリカ合衆国に滞在するなど、束の間の「自由」を謳歌するも、八月二十一日のソ連軍を中心とするワルシャワ条約機構軍の侵攻により状況は一変する。

アンダーグラウンドとの出会い

「プラハの春」を主導したアレクサンデル・ドゥプチェク（一九二一 - 一九九二）は退陣を余儀無くされ、代わってグスタフ・フサークが第一書記の座に就き、「正常化」と呼ばれる強硬路線が敷かれる。ハヴェルもまた、一九七一年に全作品の公開・公演が禁止され、以降、文章の発表は地下出版、亡命出版を頼るしかなかった。倦怠感と無力感が漂う一九七〇年代前半だったが、ハヴェルにとって分岐点となったのは一九七五年だった。消極的客体ではなく、より主体的にありたいと気持ちが熟し、「グスタフ・フサークへの手紙」(5)をしたため、「平衡感覚と自信」を取り戻す契機となる。さらに、一九七四年に働いていたビール工場での体験に着想を得た戯曲『面接』を執筆し、地下出版を通してであったが読者の反応を得られたこと、そして、国内で『三文オペラ』の上演が実現したことにより（ブレヒトの戯曲と同名だったため、当局は誰が書いたのか確認せずに許可を出したとされる）、戯曲の力を再認識し、ハヴェルは新たな生気を得る。

ちょうどその頃、ハヴェルはある人物との面会を勧められる。詩人のイヴァン・イロウス（一九四四 - 二〇一一）である。バンド、ザ・プラスチック・ピープル・オブ・ジ・ユニヴァース（The Plastic People of the Universe）の芸術ディレクターも務めていたイロウスは、公式の圧力に屈しない独立した「もう一つの文化」を称揚し、詩のアンソロジーを編纂したり、「もう一つの文化のフェスティバル」を独自に開催するなど、チェコのアンダーグラウンド運動の牽引者の一人として知られていた。一九七六年の初め、イロウスと対面したハヴェルはすぐに意気投合し、イロウスが持参したアンダーグラウンドの音楽を聞いて、次のような意見を漏らす。

この集団のどこか心の奥深くに、態度や作品に私が予感したのは、独特な恥じらい、傷つきやすさ、それに純粋さであり、かれらの音楽の中には形而上的な悲しみの経験と救済の憧憬までありました。このイロウスのアンダーグラウンドは、社会からもっとも排斥された人たちに希望を与える試みではないか、と私に感じられたのです。(6)

一九六八年九月、当時十七歳のベーシスト、シンガーのミラン・ハヴラサを中心にプラハで結成されたザ・プラスチック・ピープル・オブ・ジ・ユニヴァースは、当初は、フランク・ザッパ(グループ名はかれの楽曲「Plastic People」に触発されたもの)、ヴェルヴェット・アンダーグラウンドのカヴァーが主だったが、一九七〇年代に入ると、サクソフォニストのブラベネツのジャズ的な要素、イロウスや盟友エゴン・ボンディの詩がうまく融合し、独自の音楽スタイルを確立する。一九七三年まではコンサートは合法的に開催されていたが、七〇年代半ば以降、徐々に公けの場での活動が制限され、当局の監視を受けるようになっていた。ハヴェルとイロウスが出会ったのはまさにそのような状況のことだった。アンダーグラウンドの音楽という若者文化の一形態と思われていたものに対して、ハヴェルが共鳴し、その音楽を「形而上的な悲しみの経験」と形容したことの意味は大きい。アンダーグラウンドの音楽と不条理作家の世界が交錯したことで、それまで個別に展開されてきた地下活動が融合する可能性を示したからである。

それゆえ、その後、イロウスらが不当に逮捕されたことを知ったハヴェルは直ちに連帯感を示し、自分たちの問題と受け止め、抗議活動の先頭を切る。「チェコのアンダーグラウンド音楽への攻撃は、もっとも重要で基本的なものへの攻撃であり、すべての人を結びつけるものであると誰もが理解した[7]」からであり、個人の生に関わる問題として捉える契機となる。それはまさに「疲れることに疲れた」時代のことであり、不当逮捕者に対する抗議の声は、のちの「憲章七七」に連なっていく。

「憲章七七」

「憲章七七（Charta 77）」の成立には、一九七〇年代後半の倦怠感を打破したいという雰囲気、アンダーグラウンドのミュージシャンたちが逮捕されたことによる問題意識の共有、人権擁護を訴えるヘルシンキ宣言の締結など、いくつかの要因が複雑に絡み合っている。そしてまたこの文章が実際にどのような影響をもたらしたか数値化することも難しい。だが、少なくとも閉塞感の漂う一九七〇年代後半の社会主義体制において、「新しい理念の方向性[8]」をもたらしたことは確かだろう。

一九七六年の様々な出来事を経て、同年十二月、ハヴェルと危機感を共にしていた数名が集まり、会合を重ねて、ヘルシンキ宣言（全欧安全保障協力会議）の履行を求める「憲章七七」の素案が出来上がる。「憲章」という名称は作家パヴェル・コホウト（一九二八‐）が提案したもので、「大憲章」

などで用いられるように、特定の集団に限定される表現ではなく、人権という広範な領域に関わるものとして選出された。起草に携わったのも、旧共産党幹部で六八年以降党を追われた者（ズデニェク・ムリナーシュ）、六八年の挫折を体験した作家たち（「二千語宣言」の起草者でもあるルドヴィーク・ヴァツリーク、コホウト）急進的な学生活動家（ペトル・ウール）、これまでに党員になったことがない人物（ハヴェルら）など、多様な背景を持つ人々たちであった。また「憲章」の特徴として、互いに平等であり、特定の人物が指導的役割を果たすことのない複数性の性格を有するものであることも確認された。

議論の中で、スポークスマンは三名いた方が良いという案が出され、まずは、六八年時の外務大臣であり、七〇年に共産党から除名されたイジー・ハーイェク（一九一三–一九九三）の名前が挙がり、次いで若い世代からハヴェルも指名される。一旦躊躇するも、ハヴェルはその役を引き受ける。問題となったのは、三人目のスポークスマンを誰にするかという点だった。第一共和国の伝統を継承し、「憲章」に威厳を加え、かつ党員でない知識人であることが条件だった。候補として挙げられたのは、文学史家ヴァーツラフ・チェルヌィー（一九〇五–一九八七）と哲学者ヤン・パトチカ（一九〇七–一九七七）だった。チェルヌィーはこれまでにも戦前、戦中と論争を重ねた論客として知られていたが、当時六十九歳のパトチカは表立った政治活動をしたことがなかった。そこで、ハヴェルはパトチカを推す。「憲章に倫理的広がりを付与する」(9)と考えたからである。ハヴェルから打診を受けたパトチカはチェルヌィーが適任だとして一旦は拒むも、ハヴェルがチェルヌィーを説得したことを受けて、スポークスマンを引き受ける。その際、ハヴェルは、パトチカが「さほど強烈に政治的輪郭のはっきりしない人物であるからこそ、全体を統合する権威として効果を発揮しやすい」[10]と考えていたが、まさにこの人選により「憲章七七」はある深みと広がりを帯びることになる。

十二月二十日には、文面がほぼ確定し、親戚や友人と会う機会が多く、そして秘密警察の多くの人が休暇を取っているクリスマスから新年の休暇にかけて、署名集めの作業が行われ、年末までに二百四十二名が署名をした。作業は当局の監視の目を潜り抜けて進められ、一九七七年一月六日から七日にかけて、『ル・モンド』『フランクフルター・アルゲマイネ・ツァイトゥング』『タイムズ』『ニューヨーク・タイムズ』といった西側のメディアに「憲章七七」の文面が発表され、西側世界に広く知られることとなった。同じころ、署名者に対して同じ文面を郵送しようとしていたハヴェルは、作家ヴァツリーク、俳優パヴェル・ランドフスキーとともに、秘密警察との「スパイ映画」のようなカーチェイスを経たのち、拘束されてしまう。当局はハヴェルを尋問したほか、すぐにメディアを通じて「反憲章」キャンペーンを始める。

そのような中、「憲章七七」の意義をみずからの言葉で表現しはじめたのがパトチカだった。一月八日に執筆された「憲章七七は何であって、何でないか」では、「憲章七七」は国際規定の履行を促すだけのものではない点を署名者は皆意識しているとする。なぜならば「この点において、倫理的、精神的領域に足を踏み入れる」からだと述べる。

倫理的な基盤がなければ、便宜主義、環境、期待される利益といった事柄ではないという確信がなければ、いかに技術的に優れた社会も機能しない。だが、倫理は、社会が機能するためにあるのではない。ただ単に、人間が人間としてあるためにあるのである。自分が必要としたり、求めたり、傾倒したり、欲望を感じたりする恣意性にもとづいて、人間は倫理を定めるのではなく、倫理が人間を形づくるのである。[11]

このように、「憲章七七」に署名することは、単なる政治的な選択ではなく、人間としての倫理に訴える営為である点を強調する。三月八日に記された「憲章七七から、私たちは何を期待できるのか？」という文章では、次のように述べている。

私たちにとって重要なのは、誰かの良心の中を覗き込むことではなく、自身の良心を注視して、言葉にすることである。／そしてまた、内面の出来事が発展する様子を注視し、言葉にすること。耐え忍ぶに値するものごとがあるということを、今日、人々は知っていると述べること。偶然にも耐え忍んでいるものは、それを賭けても生きるに値するものであるということ。芸術、文学、文化といったものがなければ、事務所から経理へ、経理から事務所へと向かう以外にはどこにも行くことのない、単なる手工業的な操作に過ぎないということ。こういったことすべてを今日目にすることができるのは、大部分において、憲章七七およびそれに関連することのおかげなのである。[12]

「憲章七七」はヘルシンキ宣言で確認された法律の遵守を政府に訴えると同時に、誰もがその

「責任の一端」を担っているとして、「共同責任」という言葉を用いている。だがそこではまだその内実は明らかにされていない。しかし、パトチカの文章を通してみると、日常の生の具体的なひと時に「倫理」を見出すこと、そして「芸術」や「文化」、つまり精神文化の重要性が指摘され、「憲章七七」の倫理的な深みと広がりが明確に浮かび上がってくるのである。パトチカの文章は、「憲章七七」がより広い射程を収めているものであることを改めて意識させるものとなり、署名を済ませた者には確信をもたらし、署名を検討している者にはある種の希望を託すこととなる。三月十三日、八時間に及ぶ尋問を受けた翌日、パトチカは死去する。その後、「憲章七七」の署名者は増え、一九九〇年一月の段階で署名者数は千八百八十三名に達した。

「力なき者たちの力」の問いかけ

ヴァーツラフ・ハヴェルが一九七八年に著した「力なき者たちの力」は、「憲章七七」、パトチカの晩年の文章を引き継ぐかたちで執筆されている。複数の者が文案を起草した「憲章七七」の抑制的な文体とは異なり、ここではハヴェルなりの考察がかれ自身の文体で表現されている。その文章表現はけっして簡潔なものではなく、様々な観点から幾重にも議論を積み重ねていく螺旋のような文体である。

「力なき者たちの力」の導入は、マルクス、エンゲルス『共産党宣言』の冒頭を下敷きにしている。後者では「共産主義」という幽霊がヨーロッパを歩いているが、本書で言及されるのは「ディシデント」である。様々な含意をもつ言葉であるが、社会主義体制下では「反体制派」という意味合いで用いられることが多かった術語である。ハヴェルは「共産主義」の古典を参照しつつ、「ディシデント」に新たな光を当てる。「幽霊」があまり人目につかないように、「ディシデント」もその世界でまた隠れている。単一的な生を強いる全体主義体制において、複数的な生のあり方を探求する「ディシデント」はしばしば否定される存在であるためである。

このような議論を進めるにあたって、ハヴェルはまず「ディシデント」の置かれた状況の考察から手をつける。古典的な独裁とポスト全体主義の差異が触れられ、後者の特性の検討が子細になされるが、その際、ハヴェルが着目するのは青果店店主のある振る舞いである。店のショーウインドウという半ば「公的な」場に「全世界の労働者よ、一つになれ！」というスローガン（これもまた『共産党宣言』を締め括る一文である）を掲げるという些細な振る舞いが「日常の風景」となることへの危惧を論じる本論考のひとつの起点となっている点だが、ここで「青果店店主」が例として挙げられていることは大きな意味がある。「ディシデント」が「反体制知識人」という限定された意味合いで使われていたことに対するハヴェルなりの異議申し立てであるからである。「真実の生」を求める「ディシデント」の議論は、「ディシデント」それ自体が目指すものと同様、具体的な一人の生、具体的な局面が出発点となっている。

ハヴェルにとって、ディシデントとは、「何よりも自分という存在をかけた姿勢」そのものでしかなく、ある特権的な集団ではない。ハヴェルが着目するのは、「政治」という具体的なかたちをとる前の「前‐政治」的な「隠れた領域」である。「憲章七七」がアンダーグラウンドの動きと連動していたことは、この見解を裏付けるものでもある。それゆえ、パトチカ同様、ハヴェルが関心を注ぐのが、「もう一つの文化」であり、「並行構造」「並行都市《パラレル・ポリス》」と呼ばれる場であった。「並行世界《パラレル・ワールド》」という表現はよく耳にするが、ハヴェルらの「並行都市《パラレル・ポリス》」は何らかの「責任」を想定されており、体制の生に揺さぶりをかけるだけではなく、いつかそれが主たる生となるべく営為が結集されることが期待されている。このような視点は、「オルタナティブ」文化の位相を考えるうえでも重要な点だろう。

二十章以降で展開されるのが、東西の構造を超えた現代の技術世界の問題である。ハイデッガー、さらにパトチカの議論を下敷きにしつつ、現代社会の機能不全の一因を技術社会に見出そうとする。西側の民主主義もまた「技術文明、産業社会、消費社会」に振り回され、ある種の「無力」状態の陥っていると指摘する。そればかりか、東側より選択の余地が多くあり、「危機」が「巧妙に隠れている」ため、西側の人びとは「より深い危機」に直面しているという。まさにこのような視点により、ハヴェルの視野が全体主義体制に限定されるものではなく、今日の私たちにも通じるものであることがわかるだろう。この点について、ハヴェルはのちに「政治と良心」（一九八四）において議論を進めることになる。

また本書の分析対象となっている「体制」という表現は、原文では systém「システム」である。つまり、ポスト全体主義体制の権力分析であるばかりか、硬直した儀式化したありとあらゆる「システム」、「制度」、「組織」にも通じるものでもある。このように、ハヴェルの議論で特徴的であるのが、言葉の多義性についての検討である。「独裁」「ディシデント」「オポジション」など、形骸化した意味ではなく、具体的な一つひとつの言葉の意味を吟味し、違いを明らかにしながら、新たな意味を付与していくその手順は、かれの文学作品においても見受けられるものである。先に見たように戯曲『ガーデン・パーティ』や『通達』では、言語の儀式化、官僚化が主題になっている。このような点において、「力なき者たちの力」は言葉をめぐる論考であるとも言えるだろう。「言葉についての言葉」（一九八九）で、「言葉とは神秘的な、多義性をもつ、両面的価値のある、いつわり多き現象である[13]」と述べているように、言葉に対する絶対的な批判精神がハヴェルの根底にあり、言葉と現実に対する関係性を一つひとつ検証しているのである。

「力なき者たちの力」は、ハンナ・アーレントが展開した「全体主義」の問題系にも連なる点もあれば、ハイデッガー、パトチカの技術文明の議論にも接続したり、あるいはハヴェル自身の不条理演劇とも共鳴する多層的な文章である。二〇一六年に刊行された「力なき者たちの力」の論文集[14]には、専門を異にする三十名の論考が収められているように、このテクストはまだまだ様々な読解の可能性を残している。それは、最終章が様々な問いかけを投げかけて終わっていることとも無縁ではないだろう。この問いかけは、ハヴェル自身に対するものであると同時に、私たち一人ひとりに対しても、それぞれの「今、ここ」において、何をすべきか、と問うているからである。

［主要参考文献］

BOLTON, Jonathan. *Worlds of Dissent. Charter 77, The Plastic People of the Universe, and Czech culture under Communism.* Cambridge: Harvard University Press, 2013.

DANAHER, David S. *Reading Václav Havel*. Toronto: University of Toronto Press, 2015.
HAVEL, Václav. *Spisy I-VIII*. Praha: Torst, 1999.
KAISER, Daniel. *Dissident Václav Havel 1936-1989*. Praha: Paseka, 2009.
SUK, Jiří – Kristina Andělová (eds.) *Jednoho dne se v našem zelináři cosi vzbouří. Eseje o Moci bezmocných*. Praha: Ústav pro soudobé dějiny AV ČR, 2016.
ŽANTOVSKÝ, Michael. *Havel*. Praha: Argo, 2014.
ヴァーツラフ・ハヴェル『ハヴェル自伝』佐々木和子訳、岩波書店、一九九一年。
ヴァーツラフ・ハヴェル『反政治のすすめ』飯島周監訳、恒文社、一九九一年。

[注]

（1）ヴァーツラフ・ハヴェル『ハヴェル自伝　抵抗の半生』佐々木和子訳、岩波書店、一九九一年、五九頁（原著は Václav Havel: *Dálkový výslech*, 1986）。
（2）邦訳は「ガーデン・パーティ」『現代チェコ戯曲集』村井志摩子訳、思潮社、一九六九年。
（3）Václav Havel: Vyrozumění, in: *Spisy 2. Hry*. Praha: Torst, 1999, s.172-173.
（4）Michael Žantovský: *Havel*. Praha: Argo, 2014, s. 101.
（5）ヴァーツラフ・ハヴェル「グスタフ・フサークへの手紙」石川達夫訳、『反政治のすすめ』恒文社、一九九三年。
（6）『ハヴェル自伝』一九二－一九三頁。
（7）本書四七頁。
（8）Jan Patočka: Co můžeme očekávat od Charty 77?, in: Blanka Císařovská, Vilém Prečan (eds.): *Charta 77. Dokumenty. Sv. 3*. Praha: Ústav pro současné dějiny AV, 2007, s. 63.
（9）『ハヴェル自伝』二〇五頁。
（10）同書、二〇七頁。

(11) Jan Patočka: Čím je a čím není charta 77, in: *Charta 77. Dokumenty. Sv. 3*, s. 34.

(12) Jan Patočka: Co můžeme očekávat od Charty 77?, *ibid.*, s. 62.

(13) 「言葉についての言葉」飯島周訳、『反政治のすすめ』三三三頁。

(14) Jiří Suk, Kristina Andělová (eds.), *Jednoho dne se v našem zelináři cosi vzbouří. Eseje o Moci bezmocných.* Praha: Ústav pro soudobé dějiny AV ČR, 2016.

訳者あとがき

本書は、Václav Havel: Moc bezmocných, *Spisy, sv. 4. Eseje a jiné texty z let 1970-1989. Dálkový výslech.* Praha: Torst, 1999, str. 224-330. の全訳である。なお訳出に当たっては、英訳（Václav Havel et al. *The Power of the Powerless.* London: Routledge, 2010）、独訳（Václav Havel: *Versuch, in der Wahrheit zu leben.* Reibek bei Hamburg: Rowohlt, 1980）を適宜参考にした。本書に関連のある「憲章七七」も資料として訳出した。

また本文中、以下の訳文を利用させていただいた（マルクス、エンゲルス『共産党宣言』大内兵衛・向坂逸郎訳、岩波文庫、一九五一年。マルティン・ハイデッガー「シュピーゲルとの対談」『形而上学入門』川原英峰訳、平凡社ライブラリー、一九九四年）。

二〇一八年度、東京大学文学部の授業「中欧文学論」では、ハヴェルのこのテクスト（チェコ語原文および英訳）の講読を行なった。ハヴェル独自の言い回しや思考手順に苦労していた人も多かったが、毎回の議論の折にそれぞれの読みを披露してくれ、実り多い一時となった。そのような意味でも、本書は、その間に交わされた学生諸君との対話の成果でもある。受講者にはこの場を借りて感謝したい。

本書の企画から刊行にいたるまで、人文書院の井上裕美さんに大変お世話になった。心より感謝したい。

二〇一九年五月十七日

訳者

著者紹介

ヴァーツラフ・ハヴェル（Václav Havel, 1936-2011）

チェコの劇作家、大統領。1936年10月5日、プラハ生まれ。プラハの欄干劇場の裏方として働いたのち、戯曲『ガーデン・パーティ』（1963）で劇作家としてデビュー。不条理演劇の旗手として注目されるも、1970年以降、公的な活動が制限される。1977年、スポークスマンの一人として「憲章七七」に参加。翌78年、「力なき者たちの力」執筆。ビロード革命を経て、1989年12月、チェコスロヴァキア大統領に就任。その後、チェコ共和国大統領を二期務め、2011年12月18日没。

訳者略歴

阿部賢一（あべ・けんいち）

1972年東京生まれ。東京外国語大学大学院博士後期課程修了。パリ第四大学（ＤＥＡ取得）、カレル大学で学ぶ。現在、東京大学人文社会系研究科准教授。専門は、中東欧文学、比較文学。著書に『複数形のプラハ』（人文書院、2012）、『カレル・タイゲ　ポエジーの探求者』（水声社、2017）など。訳書に、オウジェドニーク『エウロペアナ』（共訳、白水社、2014、第一回日本翻訳大賞）、ベロヴァー『湖』（河出書房新社、2019）などがある。

力なき者たちの力

二〇一九年八月三〇日　初版第一刷発行
二〇二二年六月二〇日　初版第五刷発行

著　者　ヴァーツラフ・ハヴェル
訳　者　阿部賢一
発行者　渡辺博史
発行所　人文書院

〒六一二‐八四四七
京都市伏見区竹田西内畑町九
電話〇七五（六〇三）一三四四
振替〇一〇〇〇‐八‐一一〇三

印刷・製本　モリモト印刷株式会社

乱丁・落丁本は送料小社負担にてお取替いたします。

JIMBUN SHOIN Printed in Japan
ISBN978-4-409-03104-9 C1010

http://www.jimbunshoin.co.jp/